KB048063

나의 창을
두드리는 그림

나의 창을 두드리는 그림

초판 1쇄 인쇄 2023년 6월 20일
초판 1쇄 발행 2023년 6월 27일

지은이 장요세파
펴낸이 정해종

펴낸곳 ㈜파람북
출판등록 2018년 4월 30일 제2018-000126호
주소 서울특별시 마포구 토정로 222 한국출판콘텐츠센터 303호
전자우편 info@parambook.co.kr **인스타그램** @param.book
페이스북 www.facebook.com/parambook/ **네이버 포스트** m.post.naver.com/parambook
대표전화 (편집) 02-2038-2633 (마케팅) 070-4353-0561

ISBN 979-11-92964-40-9 03810
책값은 뒤표지에 있습니다.

수도원에서 띄우는 빛과 영성의 그림 이야기

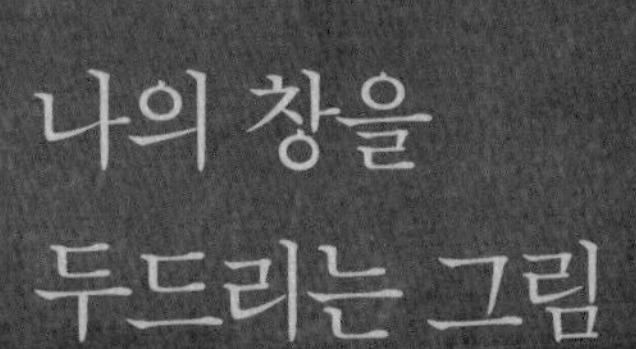

장요세파 지음

파람북

머리글

나의 창을 두드리는 그림

창을 두드리는 소리, 가슴을 두드리는 소리!

창을 두드리는 소리는 아마도 누구에게나 출입문을 두드리는 소리와는 확연히 다른 느낌으로 다가올 것 같습니다. 출입문을 두드릴 때는 확실한 용무가 있는 일이 다반사이고, 만남 자체만을 위한 두드림은 많지 않기 때문입니다. 창을 두드릴 때는 무언가 비밀스럽고 두 사람만의 오고 감이 있을 것 같고, 따뜻함과 마음 깊은 곳에서 어떤 움직임이 느껴지기 때문입니다. 혹은 남의 모습을 훔쳐보거나 캐내려는 음습함도 있겠지만, 그럴 때는 창을 두드리기보다 몰래 엿볼 가능성이 높지요. 창을 두드린다는 말을 들을 때 다가오는 첫 장면은 연인들 사이의 그 애틋함, 로미오와 줄리엣의 그 절박함, 가족들의 반대에도 결코 꺾이지 않는 사랑의 간절함 앞에 마주 서게 해주나 봅니다.

나의 벗이 일부러 문을 통해 오지 않고 창을 두드린다면 무슨 재미있는 일이 있을지 살짝 가슴 두근거리겠지요. 벗과 걸어온 그 여정과 이제 막 일어날 조금은 흥미진진한 일 앞에서 삶의 일상성이 살짝 한 단계 올라가는 긴장의 에스컬레이터가 펼쳐집니다. 특히 그 상대가 이제 막 사랑을 시작한 연인이라면 오! 무슨 말이 더 필요하겠습니까. 가슴 두근거리는 소리가 마구 들리는 것 같지 않나요. 어쩌면 일부러 문을 통해 들어가지 않고 비밀스러운 둘만의 순간을 위해 살짝 창을 두드릴 수도 있습니다. 벗의 경우처럼 무슨 일 같은 것조차 필요 없습니다. 그저 존재만으로 이미 서로에게 가장 큰 사건이 되니까요. 혹시 귀여운 옆집 아이가 놀러 온다면 그리고 나무통을 밟고 올라서 방을 두드린다면 또 다른 느낌이겠지요. 그 귀여움에 이미 무장해제되어버리고 얼른 창을 열어 아이를 안아 올릴지도 모르겠습니다.

어쨌거나 창을 두드린다는 것은 어떤 경우이든 서로에게 특별한 관계에서 일어나는 일이지요. 수도자인 저의 경우라면 하느님 혹은 예수님이 늘 창을 두드리는 분이십니다. 마치 연인인 듯, 벗인 듯 이루 말로 다 할 수 없는 마음 가득한 눈길로 창을 두드리시지요. 때로 내 마음보다 그것이 너무 커 알아채지 못한 채 창을 열었다 아무도 없는 줄 알고 닫아버리는 바보 같은 짓도 많이 했었습니다만……. 그래도 다시 찾아와 창을 두드리는 분, 인간 누구에게서도 기대할 수 없는 인내와 깊은 사랑으로 마음과 몸을 채우십니다.

그리고 또 하나 저의 창을 두드리는 것이 있으니 바로 그림들입니다. 이 그림은 저의 창을 두드리는 하느님의 손가락이라고나 할까, 제 삶의 구석구석 이 창들은 늘 저를 향해 열려 있습니다. 지치거나 나태해지거나 삶에서 열정이 식어버릴 위험에 처할 때 그림은 늘 저의 창을 두드리곤 하지요. 아니면 뜨거움이 부글거릴 때, 냉기가 싸아 하니 드라이아이스 연기를 피울 때, 마음 가닥이 꼬여 엿가락처럼 휘어질 때, 평화의 강물이 초원 위 풀잎 사이를 흐를 때, 숲속 안개처럼 고요함이 덮어올 때 그림은 제게 창을 두드리며 말을 걸어옵니다. 그림 자체는 물론이거니와 화가의 생애나 삶 또한 제 창을 두드리는 손가락들이지요. 화가의 삶치고 평탄한 삶은 거의 없습니다. 무거운 짐을 지고 그 삶의 계곡 깊은 곳에서 건져올린 번득이는 통찰들을 그림으로 나의 창을 두드립니다. 그들이 품었던 그 깊은 울림, 사람들에게 나누고 싶었던 아름다움, 두려움, 평화, 혼돈 등으로 우리의 창을 두드립니다.

그리고 참 묘하게도 그들 삶의 고통이 깊어질수록 그림은 더 많은 것을 품고 우리의 마음을 더 깊게 두드려줍니다. 그런 의미에서 그림은 화가 자신의 마음을 두드리는 손가락 같다고도 할 수 있습니다. 그림이라는 수단은 글과는 달리 눈을 통해 즉 인간의 몸이라는 수단을 통해 다가오기에 마음의 창을 더 쉽게 두드려줍니다. 하지만 그 그림에는 화가 자신의 고통과 기쁨, 삶의 질곡과 환희, 승리와 패배의 모든 역동성이 어우러 상징으로 버무려져 참으로 다른 세상을 열어줍니다. 제 창을 두드리는 그 손가락들을 함께 나눌 기쁨과 설렘, 긴장이 제 삶을 새로운 차원으로 열어줌을 느낍니다.

이 책과 만나는 이들도 창 두드리는 소리를 들을 수 있기를…….

차례

3장 따뜻함으로 채워지는 빈자리

4장 그의 약함은 하느님의 도구

1장

저렇게 무력한 이를 따를 것인가?

사람의 손으로 만들지 않은

이 예수님 이콘은 '아케로비타'라고 불리는데, 이 말은 '사람의 손으로 만들지 않은'이라는 의미라고 합니다. 이런 이름이 붙은 이유는 채찍질과 매질을 당한 후 십자가를 지고 가시는 예수님을 베로니카라는 여인이 울며 따라가다 자신의 수건으로 얼굴을 닦아드렸는데, 거기에 예수님의 얼굴이 남았기 때문입니다. 그리스도교 초기부터 많은 이가 이 수건에 찍힌 얼굴을 그렸습니다. 그리고 점차 그림의 한 형식이 되었는데, 아케로비타라 불리는 이콘이 보통 예수님의 목을 그리지 않는 이유도 이런 전승 때문입니다.

그런데 이탈리아 토리노에 예수님 시신을 감쌌던 천에 예수님의 전신상이 사진 찍히듯 새겨진 아마포가 있습니다. 그것의 진위 논란과 상관없이 그 모습은 처참한 사형수의 모습이며 못 자국, 옆구리 상처, 머리 가시관과 채찍 자국 등이 아주 세밀하게 남아 있습니다. 베로니카의 수건에 새겨진 예수님의 모습과는 달라도 너무 다릅니다. 두 가지 모두의 공통점은 사람의 손으로 그리지 않았다는 사실뿐입니다.

이 이콘 속 예수님은 배신의 끝자락에서 사형선고를 받고 매질당하

최연희 마리아, 〈예수 그리스도〉

며 끌려가는 순간에 한 여인의 수건에 남은 얼굴임에도 고통의 자국이 라고는 찾아볼 수 없고, 모든 것을 감싼 듯한 선함이 부드러운 머릿결처럼 흘러내립니다. 자신을 못 박게 될 사람도, 침 뱉은 사람도, 배신한 제자, 야비한 지도층, 도망가버린 사랑하는 제자들까지 단 한 점의 섭섭함, 원망도 찾아볼 수 없습니다.

이 한 얼굴 속으로 세상 모든 악과 그 결과, 모든 비참함과 절망, 대대로 쌓여 지구보다 더 커진 원한이 용서의 거대한 바닷속으로 흘러 들어가는 듯합니다. 오직 단 하나의 얼굴, 이 얼굴만이 인간의 모든 악을 받아들이고 용서할 수 있습니다. 이 얼굴에 나타난 선함은 이를 드러냈을 뿐입니다.

이 얼굴을 이콘 화가들은 묘사하고 싶어 합니다. 이콘의 방식이 다채로운 감정이나 양식을 허용하지 않는 이유는 바로 이 믿음과 신학의 정수를 세세대대로 전하고 싶기 때문입니다. 한 영웅의 영웅담은 사람마다 다르게 해석하고, 시대마다 다른 표상으로 나타낼 수 있습니다. 하지만 인간 구원, 영원한 생명에 대한 문제에서만은 세대가 흘러도 변하지 않을 어떤 정수 같은 것이 있고 이콘이라는 그림은 그 정수만을 사람들에게 전하고자 합니다.

저 맑고 고요한 얼굴
저 얼굴에 침 뱉고
저 얼굴을 죄인이라 단죄하고
저 얼굴에 가시관 씌우고
채찍질하는 우리

자신의 억울함에는
분노가 하늘까지 닿지만
남의 억울함에는
세상사 그럴 수도 있다고
퉁치는 우리

저 맑고 고요한 얼굴
사형수의 얼굴
피로 엉키어
가시관과 하나된 머리
채찍질 자국
선명하게 오버랩되네

우리 중의 하나
한 여인

로마 병사도

죽음도 두렵지 않은 사랑이

내민 수건에

남겨주신 얼굴

– 「베로니카의 수건」 전문

자신을 기다리는 다디달은 은총

뭘 먹는지 마시는지 참 다디달아 보입니다. 더는 좋은 것일랑 이 사람 앞에 있지도 않을 것 같습니다! 다른 먹거리일랑 아예 필요하지도 않은가 봅니다. 온몸 온 존재가 오직 이 먹거리만을 향해 있는 듯합니다. 이미 충분히 먹고도 남는 모습, 그래도 결코 질리는 일은 없고 오히려 충만함 속에서 오직 그것만을 또 기다리는 모습, 바로 그것을 잘 보여줍니다. 오직 한 가지만을 기다리는 사람, 오직 한 가지 맛만을 바라는 입, 오직 한 가지만을 바라보는 눈, 오직 한 분만을 사랑하는 마음!

제가 꿈을 꾸는 것일까요? 그러나 제 앞에 그런 모습이 있습니다. 자신이 체험하지 않고는 빚을 수 없는 작품입니다. 길거리에 나가면 널린 맛집, 냉장고만 열면 가득한 먹거리, 오늘은 어디 가서 무얼 먹을지 고민하는 현대인들! 갖가지 맛들이 혀를 현혹하는 세상에서 오직 한 가지 맛만을 꿈꾸듯 그리는 사람! 너무나 많은 맛 속에 어쩌면 진짜 맛을 잃고 있지나 않은지요. 음식만 아니라 생필품인 치약, 칫솔, 비누 선택도 고민을 해야 하는 현대인.

많은 맛을 바라지 않게 되었을 때의 평온과 침묵, 고요함은 그것을

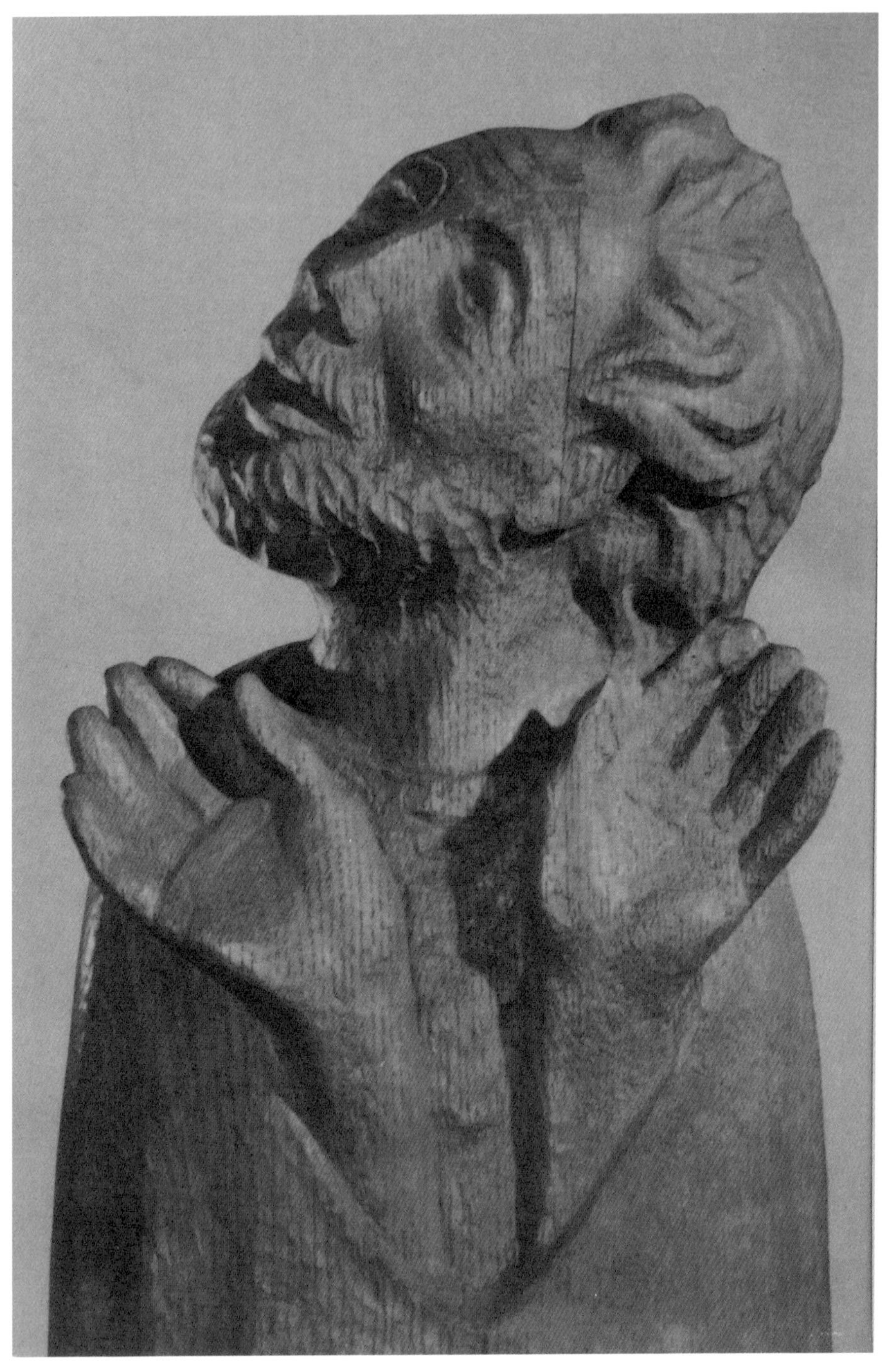

에른스트 바를라흐(Ernst Barlach), 〈The Believer〉 부분, 1930, 함부르크 바를라흐 미술관 소장

느껴본 사람만이 알 수 있습니다. 그리고 이 고요함은 정적일 뿐만 아니라 동시에 강렬한 그리움이기도 합니다. 함께할 수 없는 두 가지가 동시에 몸 안에 있습니다. 이 조각은 이처럼 설명하기 어려운 현실을 한눈에 보여줍니다. 미술작품의 위대함, 한눈에 종합적으로 온갖 것을 잡아내는 힘, 글은 이 부분에서 미술작품을 부러워하게 됩니다.

참된 고요가 주는 행복을 잃었기에 오히려 입맛을 채우는 다양한 맛만을 찾아 발길도 어지럽게 곳곳을 헤매는지 모르겠습니다. 어떤 맛도 우리를 결코 만족시킬 수는 없기에 우리의 발길은 영원히 멈추지 않을지도 모릅니다. 우리 갈망의 깊이는 어디까지일까요? 물론 끝이 없습니다. 오직 한 분을 만나기까지는……. 우리의 신발이 닳고 닳아야 비로소 오직 한곳에 멈추게 될까요? 사막에서 찾은 만나에 만족하지 못하고 이집트에서 먹던 부추, 참외, 고기, 빵을 그리워하는 이스라엘이 바로 자신임을 우리는 부정할 수 없지요.

이 작품은 오직 한 분 그분만을 바라는 한 사람의 모습을 너무도 잘 표현합니다. 손을 보십시오. 손 역시 하늘을 향해 있습니다. 이제 오직 받는 것만이 남은 사람 같습니다. 팔은 어깨에 달리지 않았고 가슴 한복판에서 솟아 나와 있습니다. 심장, 그 안에 솟는 뜨거운 사랑이 전달되어 그 사랑의 원천을 향해 온통 활짝 펼치고 있습니다. 이 손은 이제 직접 무엇을 만들거나 행해서 남을 도와주기보다 손안에 가득 채워진 것이 줄줄 흘러 누구에게나 가닿을 수 있을 것 같습니다. 끝도 없이 풍요로운 강줄기, 이 사람이 풍족하게 먹고 마시는 사랑의 줄기가 활짝 열린 손안으로 풍요롭게 쏟아져 내려 손을 가득 채우고 펑펑 흘러내립니다. 그 사랑의 강줄기가 보이시나요?

이 큰 은총은 이 사람만을 위한 것이 아니라 바로 나 자신, 모든 나 자신을 위해 기다리는 은총입니다. 먹어도 먹어도 채워지지 않고, 가져도 가져도 헛헛한 우리 인간의 끝없는 구렁 같은 갈망 앞에 이 사람의 모습은 한 줄 물줄기 같습니다. 먹어도 먹어도 질리는 일 없고, 찾고 찾아도 초조함으로 갈가리 찢기는 일 없습니다. 아무리 좋은 음식도 두세 번 먹으면 다른 음식을 찾기 마련입니다. 먹고 싶은 것, 먹어야 할 것을 오래 얻지 못하면 타들어 가는 갈증과 허기증에 사람은 해서는 안 될 짓도 합니다. 가지면 가질수록 더 갖고 싶어지는 욕망의 무거움은 또 어떤가요? 이 약하디약한 모습은 바로 우리가 찾는 것으로 만족을 얻을 수 없다는 사실을 가리킵니다. 그렇다면 참된 양식, 참된 음료, 인간을 채워줄 수 있는 유일한 분! 이분을 찾을 수밖에 없음을 인정할 수밖에 없지 않을까요?

그런 분을 충만히 마시고서는 사랑 가득한 얼굴, 그분을 닮아 오직 선함만을 지닌 얼굴을 볼 수 있는 행복이 몸을 적셔옵니다. 이 양식으로 채워지면 사람은 절로 사랑으로 가득 차올라, 모든 것 안에서 하느님의 선을 바라봅니다. 그래서 유명한 신비가 율리안나는 "하느님은 모든 것을 선으로 이끄신다"라고 외쳤나 봅니다. 악함 한복판에서도 선함을 지닐 수 있으려면 이 사람처럼 흘러넘치는 달콤함이 입 안에, 몸 안에 가득

해야만 가능합니다. 어떤 성취도 부도 명예도 권력도 이 복됨을 결코 줄 수 없습니다. 이 사랑에 목마를 수 있기를! 이 선함에 배고플 수 있기를!

새로운 것 앞에

어떤 상황을 묘사하는지 그리스도교 신자라면 설명 없이도 알 수 있는 그림입니다. 우리에게 그다지 잘 알려지지 않은 막스 리버만(Max Liebermann, 1847~1935)의 작품으로 예루살렘 성전에서 학자들과 대화를 나누는 어린 예수를 묘사한 그림입니다. 그림 속 풍경은 예수 시대의 이스라엘이라기보다 화가 당대의 복장과 풍경으로 묘사한 것 같습니다. 12세 소년이 하느님의 집에서 하느님이 자신의 아빠임을 깨닫습니다. 이루 말할 길 없는 충만에 사로잡힌 소년. 그 소년이 어찌하다 율법 전문가, 하느님 뜻의 전문가들과 토론합니다. 아니 어쩌면 소년이 먼저 그들에게 다가갔는지도 모릅니다. 아이는 방금 체험한 것을 이 거창한 양반들에게 한 조각이라도 나누고 싶어 온몸으로 전합니다. 나이와 신분이 지긋한 이들이 아이의 당돌한 발언 앞에, 무시할 수 없는 당당함 앞에 자신들이 지금까지 쌓아온 모든 것이 종잇조각처럼 아무것도 아닌 것이 되어버림을 느끼고는 경악을 금치 못합니다. 이들의 눈빛, 태도가 이것을 말해줍니다. 부정은 할지언정 결코 못 들은 척할 수는 없다는 사실을…….

막스 리버만(Max Liebermann), 〈The Twelve Year Old Jesus in the Temple〉, 1879, 함부르크 쿤스트할레 소장

가장 먼저 눈에 띄는 이는 흰옷을 산뜻하게 차려입고 그림 중간에 정면으로 앉아 있는 사람입니다. 하얗게 센 머리, 기도 때 입는 흰 망토 등 사회적 명망이 절로 풍기는 모습이지요. 그런데 저 자세, 턱을 살짝 당기고 눈을 가볍게 치뜨듯이 바라보는 거부의 자세는 깍지를 낀 채 무릎을 감싼 모습에서 명백해집니다. 시골뜨기 어린애 주제에 "네가 떠들고 있는 말이 무슨 말인지나 아느냐?"라는 표정입니다. 그림에 묘사된 사람 중 가장 정면으로 강하게 거부하는 자세로 보입니다. 이런 사람은 오히려 언젠가 지금 들은 말이 자신의 가장 깊은 곳을 건드리는 때가 올 수도 있습니다.

그런데 그림 오른쪽 사람은 율법학자나 수도자를 연상하는 검은 복장, 턱수염, 모자 등 나무랄 데 없는 위용으로 당당히 버티고 서 있습니다. 그런데 놀라 뒤집힐 것 같은 그의 눈은 마치 썩어 있는 것 같습니다. 그의 놀람은 경탄과 찬미로 이어지는 생기발랄한 것이 아니라, 굳을 대로 굳은 지식과 종교적 관념의 완고함, 기존의 틀과 다른 것은 결코 받아들일 수 없는 데서 기인하는 경악입니다. 너무 놀라서 팔도 몸에 붙지 않습니다. 이런 경악은 용납할 수 없는 것을 파괴해 없애지 않고는 못 견디는 경직에 가까운 것입니다. 이 사실을 생기 잃은 그의 두 눈이 묘사해줍니다.

왼쪽에는 성경 독서대를 한 손으로 짚고 다른 손에는 성경을 들고 이 당돌한 아이를 가소롭다는 듯 내려다보는 한 사람이 있습니다. 두 사람처럼 강렬한 반응은 없습니다. "웃기는 꼬마로군. 도대체 어디서 저런 소릴 주워들은 게지?" 뭐 이런 반응 같습니다. 매사에 진지함이라고는 없어 보이는 태도입니다. 아마 며칠 후면 오늘의 이 사건조차 까맣게 잊고 살아갈지도 모릅니다. 이 사람 뒤에 머리만 보이는 한 사람, 아예 이 상황에 큰 관심조차 없습니다. "다 큰 어른들이 말 같잖은 소릴 떠들어대는 애 하나 붙잡고 이러나 원! 빨리 마치고 얼른 가자고들." 이런 마음일까요?

가슴을 파고들어 오는 말 앞에서도 우리 인간은 이렇듯 여러 모습으로 그 말을 거부합니다. 그때까지 자신의 삶을 지탱해주던 기둥이 무너지는 것이 어찌 가벼운 일이겠습니까? 이것을 받아들인다면, 그것은 살아 있는 죽음입니다. 예수님이 니고데모에게 "새로 태어나야 한다"라고 말씀하실 때 바로 이것을 전하고자 하셨습니다. 근본을 바꾸지 않는 새것은 대부분 사람이 좋아합니다. 신선하고 기분을 바꿔주니까요. 하지만 자신의 기반을 흔들어놓는 새것에 대해서는 옛것이 무너지는 고통을 받아들이기보다 거부하고자 합니다. 이미 누리던 여러 가지 것들, 이를테면 기득권을 내려놓아야 하는 경우도 있습니다. 이런 희생을 치르고도 받아들일 만한 새로운 것을 발견하는 사람이 바로 보물을 찾은 사람입니다.

새로운 아이, 새로운 소식! 그 앞에 옛사람, 노인들! 그런데 위의 사람들과는 다른 한 노인이 이 그림 속에 있습니다. 이 노인은 한 어린아이 앞에서 무너지고 있습니다. 더 정확히 말하자면 아이 속으로 빨려듭니다. 그리고 어린 예수 역시 이 사람만을 뚫어지게 바라봅니다. 두 사람은 마치 이제 방금 사랑에 빠진 남녀의 모습 같습니다. 주위도 의식하지 않습니다. 자세도 어린아이의 눈높이에 맞추고 마치 아이의 눈 속으로 빨려들 듯 온 존재가 이 새로운 아이를 향합니다.

상상조차 못 한 새로움이 아이에게서 온다는 것, 아이의 입을 통해 나오는 듣도 보도 못한 새로움. 노인은 이 이중의 새로움 속으로 마치 끌려 들어갈 것만 같습니다. 동료들의 거친 반응에도 시선을 두지 않고 오직 새 아이에게만 향하는 강렬한 눈빛이 인상적입니다. 이 눈빛과 달리 그의 몸은 마치 무너져 가는 것 같습니다만, 정작 자신은 그것을 아직 눈치채지 못했나 봅니다. 그를 여태까지 지탱시켜주던 온갖 가치가 이미 소리 없이 무너지는 것처럼 보입니다. 그가 손에 든 성경은 손에서 거의 떨어질 지경으로 아슬아슬하게 들려 있습니다. 율법 교사들에게 생명과도 같은 성경마저 이 새로움 앞에서는 빛을 잃습니다.

이 새로움에 매료될 태세가 되어 있는지요? 죽음을 통과한 새로움을 받아들인 사람만이 경이로움을 체험합니다. 경이로움은 사람의 영을 새롭게 하여 낡은 사람도 새사람으로 다시 태어나게 해줍니다. 경이로움은 사람을 변질시키지 않고 변모시킵니다. 새로움은 아주 강력하나 그 사람을 다른 사람으로 만들지 않고 오히려 그 사람답게 이끌어줍니다. 그동안 자신으로 살 수 없게 방해하던 낡은 요소를 무너뜨립니다.

번개가 내 몸을 통과했다

부드럽고 날카로운 번개

쌍날칼

골수를 쪼개고

부드럽게 헤엄친다

놀라움!

새로움!

나를 바라보는 눈

나 님 속에

님 내 속에

새로움에 조금씩 젖어들어

내 눈 속엔 오직 그분뿐이네

놀라와라

그분 눈 속에 만나는 온갖 눈들

-「쌍날 칼」 전문

포근함 그 너머, 성가정의 풍경

그림을 처음 대면했을 때의 느낌이 그 그림을 더 깊이 묵상, 관상하는 데 열쇠 같은 역할을 할 때가 많습니다. 그리고 첫 느낌이 있는 그림이 두고두고 보아도 또 다른 묵상 거리가 나오는 깊이를 지닌 경우도 많습니다. 이 그림을 만났을 때 나도 저 속에 있고 싶은 충동이 일 정도로 이루 말할 수 없는 포근함을 느꼈습니다. 다른 그림과 달리 마리아가 아기 예수를 안고 있지도 않고, 성 요셉은 아예 저 뒤편에서 묵묵히 자기 할 일만 하는데도 포근함이 이 그림 전체를 감싸고 있습니다. 중세 유럽 어디서나 만날 수 있을 것 같은 평범한 가정의 모습이 바로 렘브란트(Rembrandt van Rijn, 1606~1669)가 본 성경 속 성가정의 모습입니다. 아기 천사만 빼면 성가정이라기보다 평범함 한 가정의 모습입니다. 저는 성경 속 마리아, 요셉, 아기 예수의 가정을 이 그림보다 더 적절하게 묘사한 것을 보지 못했습니다.

성 요셉은 거의 배경처럼 그려졌는데, 이는 성경 안에 나오는 요셉의 모습을 참으로 잘 그려내지 않았나 여겨집니다. 침묵의 사람, 모든 것을 하느님의 뜻으로 수용한 사람, 하느님 섭리의 들러리, 뒷배경, 보

렘브란트 반레인(Rembrandt van Rijn), 〈The Holy Family〉, 1645, 러시아 에르미타주 박물관 소장

조, 도우미 등으로 표현될 수 있는 주인공이 아닌 역할을 기꺼이 받아들인 큰 그릇 같은 사람의 모습입니다. 어둠 속에 흐릿하지만, 그의 표정은 한없이 여유롭고 자유로워 보입니다. 힘껏 치켜든 오른손은 장인으로서 그의 능숙함뿐만 아니라 내면의 강한 힘도 느끼게 해줍니다. 앞에 있는 벽난로가 아니라 위에서 오는 환한 빛을 받는 마리아와 아기 예수가 저렇듯 따뜻한 모습을 보일 수 있는 것은 바로 목수 요셉의 뒷배경이 있기 때문임을 흐릿한 그림이 오히려 더 잘 설명해줍니다.

마리아는 그지없이 평범한 여인의 모습입니다. 큰 눈, 날렵한 콧날 없이도 기품 있는 모양입니다. 렘브란트의 체험, 그 깊이가 어디까지인지 정말 궁금해지는 부분입니다. 평범하게 그리면 자칫 표현하기 쉽지 않은 기품이 이 마리아에게서는 어떤 화려한 차림에서보다 더 잘 느껴집니다. 사실 나사렛의 마리아 역시 이런 평범한 여인이었겠지요. 그러한 기품에도 손은 노동으로 마디가 굳은 시골 아낙네의 손입니다. 그래서 잔칫집에 포도주가 떨어졌을 때 가장 먼저 그 사실을 알아챕니다. 이것은 함께 일하는 사람, 일머리가 빠른 사람만이 파악할 수 있는 상황이니까요. 잔치를 주관하는 이는 술이 떨어져 간다고 해서 호들갑을 떨어 사람들에게 알리지 않습니다. 그러면 자칫 잔치의 흥이 깨져버리니까요. 마리아는 이런 분위기 속에서 누구보다 재빨리 이 곤란한 상황을 알아챕니다. 마리아는 노동하는 사람입니다.

마리아가 손에 든 책은 아마도 구약성경일 것이며, 짐작건대 이사야서의 "동정녀가 잉태하여 아들을 낳으리니……"라는 부분일 듯합니다.

마리아의 자세는 읽다 말고 책을 손에 든 채 가만히 아기 예수를 바라보는 장면임을 상상하게 해줍니다. 왜냐면 아기는 그저 곤히 자고 있어 굳이 일부러 들여다볼 필요가 없으니까요. 자신도 이해할 수 없는 자신의 아기! 그러나 결코 분석하거나 캐묻는 표정이 아닙니다. 오히려 가슴 가득 차오르는 경외와 사랑을 감히 표현도 못 하고 너무도 소중하게 바라보는 모습입니다. 그녀의 얼굴과 펼쳐진 성경 위로 천사들을 비춘 것 같은 빛이 환히 빛납니다. 성경 속 내용과 그녀의 표정에서 드러나는 그녀의 마음 그리고 천사를 통해 내려온 빛에 실린 하느님의 마음이 하나의 빛으로 이어지는 듯합니다. 그리고 마리아의 놀람은 여기서 그치지 않습니다. 또 다른 빛을 발견한 것입니다.

아기 예수로부터 나오는 빛이 참 희한합니다. 천사와 마리아를 비추는 빛과는 방향이 맞지 않을뿐더러 요람 위 덮개가 위의 빛을 막았기 때문입니다. 오히려 빛은 아기 예수의 머리 뒤쪽에서 나오는 듯합니다. 천장에 달린 등으로부터의 빛이라면 머리 뒤쪽이 저리 환할 수는 없으니까요. 그러니까 이 빛은 아기 예수 자신에서 발해지는 빛입니다. 마리아 역시 이 빛을 발견하고는 넋을 잃고 바라보는 것 같습니다. 이 작고 여린 빛, 이 작고 여린 아기가 인류의 생명이요 하느님의 자비 자체이십니다.

마리아는 '여기에 참빛이 있노라'라고 외치지 않습니다. 뒤에서 일하는 성 요셉이 눈치 채지 못할 정도로 그녀는 이미 하느님이 하시는 일의 놀라움에 어느 정도는 익숙해졌습니다. 그리고 조용히 이 놀라움과 하나가 되어갑니다. 놀라움을 이해하지는 못해도 놀라움과 하나가 될 수는 있나 봅니다.

성 요셉 역시 아직 이 빛을 발견하지는 못했지만, 이 놀라운 장면과 하나로 녹아든 모습입니다. 이 세 사람이 만든 이 인간적이며 동시에 거룩한 포근함! 그리고 그 포근함 너머에 있는 이 세 명을 둘러싸는 빛! 나도 마리아의 무릎 곁에 조용히 꿇어앉고 싶어집니다. 나도 저 놀라움 속으로 들어가고 싶습니다. 말로 설명하거나 사람들에게 선포하기 위해서가 아니라, 그저 조용히 저 빛, 저 생명, 저 작음과 하나가 되고 싶어집니다.

저토록 무력한 이를 따르고 싶은가?

15세기 한스 히르츠(Hans Hirtz, 1410~1466 이전)의 목판화입니다. 가슴이 꽉 막히는 것 같습니다. 화면에 빈틈이나 여유가 거의 없고, 무리는 얽히고설키어 마치 맹목적으로 혹은 본능적으로 한 방향을 향해 가는 벌레들의 무리같이 느껴지는 것은 좀 지나친 생각일까요? 등장인물 모두 분기탱천해 '예수'라는 공공의 적을 한 마리 짐승처럼 끌고 갑니다. 너도나도 서로 끌고 가겠다는 아귀다툼과 아우성이 천지를 진동할 것 같습니다. 창과 칼, 쇠못 방망이까지 동원하고 갑옷으로 철저히 무장하고 나섰는데, 대체 무엇을 무찌르겠다는 것일까요? 그리고 이 일을, 이 무리를 이끌어가는 이는 누구일까요? 뒤에 숨은 것일까요? 아니면 아예 없는 것일까요?

베드로의 모습 또한 기가 막힐 노릇입니다. 꿈틀거리는 무리 위에 허망하게 올라타고선 작은 칼로 한 병사의 귀를 자릅니다. 손이나 급소도 아니고 겨우 귀 정도 자르느라 저리 애쓰고 있네요. 베드로의 영양가 없는 허세가 듬뿍 묻어 있는 행위는 익히 잘 아는 대로입니다. 물론 그 속에는 베드로의 순수함도 잘 드러나지요. 베드로의 계산 없는 무모함이

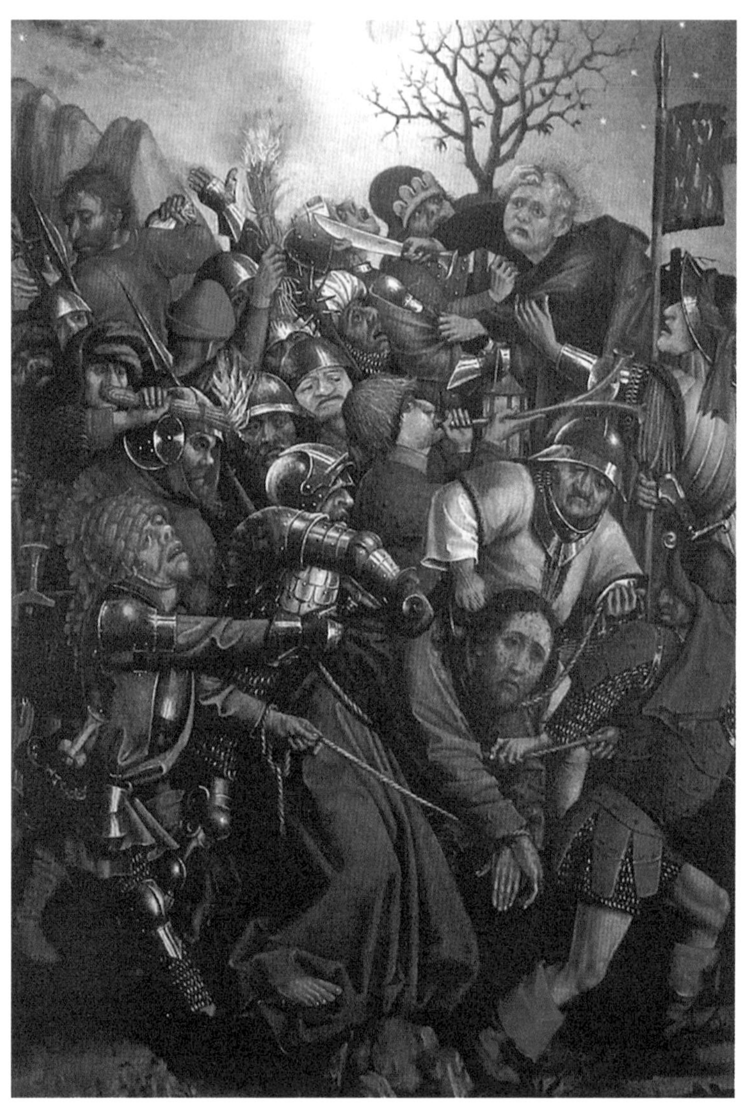

한스 히르츠(Hans Hirtz), 〈Capture of Jesus Christ〉, 1450, 발라프 리하르츠 미술관 소장

이 장면에서 너무도 잘 표현되어 있어 이 심각한 장면에서도 쿡 웃음이 나옵니다. 잘 알다시피 예수는 베드로의 이 두려움을 무릅쓴 격분을 부추겨 잡으러 온 이들과 싸움을 일으키지 않고 그대로 잡혀갑니다. 베드로의 이 행위를 격려하는 예수의 한마디만 있었다면, 나머지 열한 제자는 도망가지 않고 열렬히 싸웠을 가능성이 큽니다. 더 나아가 예수님이 그런 자세를 취했다면 유다는 예수님을 배신하지 않았을지도 모릅니다.

세상 어떤 무리의 리더가 이럴 수 있을까요? 세상과 싸우는 사람이 아니기에, 세상에 왕국을 세울 생각이 전혀 없는 사람만이 이런 반응을 보일 수 있지 않을는지요.

화가는 의도적으로 스스로 지고 가는 십자가의 길이 아니라, 저항 없이 끌려가는 모습의 예수를 그린 듯합니다. 폭력, 분개, 증오, 두려움 그리고 그림 밑에 숨은 야욕, 음모, 욕망, 거짓, 질투가 들끓고 이 모든 것이 무겁게 짓누르며 밧줄에 묶인 몸은 움직이기도 버거워 보입니다. 일말의 저항도 불평도 없이 그렇게 자신의 길, 십자가의 길, 죽음의 길을 걸어갑니다. 그리고 위에 묘사한 인간 욕망의 모든 것과 얽혀 마치 그 욕망의 전차에 깔려 끌려가는 것처럼 보입니다.

파리한 하늘 아래 나무 한 그루가 낙엽 몇 장만 달고 새파랗게 떱니다. 폭력, 분노, 증오, 음모, 살의 앞에 무방비로 내던져진 사람들은 과거 역사 안에서나 지금이나 없었던 적이 없습니다. 하소연, 울부짖음, 저항, 정당한 싸움이 모두 수포로 돌아가고 세상에는 테러, 내전, 살인, 원한으로 서로가 서로를 죽이는 일이 매일 같이 신문을 장식합니다. 그러나 당해도 당해도 물러서는 법 없고, 폭력 앞에 폭력 한 번 써보지 않고 바보처럼 또 당하는 가난하고 힘없는 이들의 울음소리가 들립니다.

밀양, 강정의 할머니들은 추위에도 더위에도, 배반과 세상의 몰이해에도 물러서는 법 없이 참 용하고 장합니다. 그렇게 당해도 폭력 한 번 쓰지 않는 바보 같은 분들이 정말 대단합니다. 누군들 베드로처럼 칼을 휘두르고 싶지 않겠습니까? 칼은 더 큰 칼을 부릅니다. 실패해도 조롱받아도 불이익을 당해도 명예에 먹칠을 당해도 끝까지 가는 것이 십자가의 길입니다. 계속해서 걷다 보면 승리조차 잊고 그저 그 길을 걷게 되는 것 같습니다.

승리를 목표로 삼는 이들은 언젠가는 이 길에서 벗어나 힘을 쥐는 길로 들어섭니다. 힘이 있어야 세상을 바꿀 수 있다는 것이 그들의 한결같은 항변입니다. 하지만 민주화 운동에 앞장섰다가 정치계에 투신하고 나서 힘의 진영 쪽으로 넘어간 이들의 우스운 모습을 보기도 합니다. 힘으로 바뀔 세상이라면 과학도 세상을 천국으로 만들 수 있으리라는 결론을 낼 수 있지만, 결코 그렇지 않다는 것을 현대 문명이 스스로 증거합니다. 욕망의 열차, 그것을 끌고 가는 것처럼 보이는 이들의 역사 속 말로는 참 비참했습니다. 억울하고 당해도 힘의 길을 걷지 않는 이들은 역사의 긴 흐름에서 볼 필요도 없이 이미 참사람됨의 복을 누렸음을 이 시대의 현장에서도 목격합니다. 가치에 대한 확신과 생명에 대한 희망이 그들을 밝혔기 때문입니다. 저 무력한 예수를 따르고 싶습니까?

화 정도 내는 것 뭐 어때?

세상천지 화 안 내는 사람 있어?

질투? 좀 치사하고 내 속도 끓지만

어떻게 해볼 도리 없잖아?

그래서 사람한테 몰래 해코지도 해봤어

뭘 어쩌라고? 나만 그래?

내 안에도 욕망 들끓어, 질 순 없잖아?

욕망의 열차 타지 않고 세상 어찌 살겠어?

잡아당겨 내리고 밀치고 밟고 누르고

당하기 전에 먼저 한 방 먹이고

옆에도 뒤에도 온통 법석이야

그래도 내 앞에만 서지 마

꿈틀거리는 욕망의 열차

바다로 돌진하지 않는 건

그 밑에 눌려

0.001미크론씩 걸음을 떼는 사람의 아들

-「욕망의 열차」 전문

절대적 내맡김, 끌려가는 그리스도

카라바조(Michelangelo da Caravaggio, 1571~1610), 그림만큼이나 참 이해하기 어려운 인물입니다. 살인까지 저지르고 뒷골목을 전전한 사람이면서, 이 그림처럼 예술적으로도 신학적 해석으로 봐도 탁월한 작품을 그려낸 인물입니다. 정말 기가 막힌 성경 해석이요, 예수와 그 제자들에 대한 이해도 신학자 못지않습니다.

우선 먹지 위에 그린 듯 선명한 어두움, 적당히 회색이 섞인 검은색이 아니라 그야말로 칠흑 같은 어둠입니다. 화면에 손을 대면 손끝에 어둠이 묻어날 것만 같습니다. 그 어둠 위를 자연 채광이 아니라 인위적인 조명이 비춥니다. 그래서 부각되어야 할 부분에만 빛이 던지듯 비치고 있습니다. 예수 그리스도가 잡혀가는 상황에 대한 설명이 필요 없는 탁월한 해석입니다. 이 빛은 그림 제일 오른쪽 위의 인물이 손에 든 횃불로 인한 것입니다. 이 그림에 대한 해석에서 횃불이라 말했는데, 그러쥔 빈손밖에 보이지 않아 조작된 그림인가 하고 여러 버전을 찾아봤지만, 모두 한결같이 그러쥔 빈주먹뿐이었지요. 그러니까 횃불을 든 손 모습만 그렸습니다. 카라바조다운 번뜩임이지요.

카라바조(Michelangelo da Caravaggio), 〈The Taking of Christ〉, 1602, 더블린 국립미술관 소장

빛이라 할 수 없는, 빛으로밖에 볼 수 없는 인간실존의 한계를 자각한 것일까요. 빛이 없는 어둠 속에서 더 깊이 와닿는 빛에 대한 절박함이랄까요. 인위적인 빛으로나마 이 상황을 전달해야 하는데, 어느 순간 빛 아닌 빛은 꺼지고 자신이 모르는 빛이 비친다고 보는 걸까요. 알 수 없습니다. 하지만 죄 많은 자신을 의식하던 복잡한 인물 카라바조에게 한 빛이 들어온 것만은 사실인 것 같습니다. 자신의 불은 꺼지고 빈손만 그려줘어도 빛은 어디선가 이 상황 속으로 쏟아져 들어오니까요. 그리고 이 빛에는 또 다른 기막힌 반전이 느껴집니다. 이 부분은 끝에서 다룰까 합니다.

그리고 사람을 놀라게 하는 데 일가견이 있는 카라바조는 자신을 이 장면에 등장시킵니다. 그러니까 자신은 이 상황의 관찰자요, 증언자이며, 전달자이고 무엇보다 이 상황 모든 것을 해석하는 자이고, 이 상황 하나하나와 자신을 연결하는 사람으로 자신을 등장시키는 듯합니다.

화면을 꽉 채우듯 복잡하고 격하며 역동적으로 보이지만 사실 여기 등장하는 인물은 많지 않습니다. 카라바조 자신까지 6명뿐입니다. 그런데도 온 화면이 들썩들썩 금방이라도 뒤엉킨 무리가 화면을 뚫고 나올 것만 같습니다. 그래서 이 화면 속 인물 한 명 한 명이 강한 서사를 드러냅니다. 그러니 각각의 인물을 살펴봐야겠지요.

아무래도 배반자 유다부터 시작해야 할 듯합니다. 대체로 배반하는 이들의 공통점은 좀 뻔뻔하다는 것입니다. '방귀 뀐 사람이 성낸다'라는 말도 있지 않습니까. 이 그림이 그 사실을 다시 확인시켜주는 것 같습니다. 예수를 넘기러 온 유다는 예수를 온몸으로 안으며 입맞춤하려고 합니다. 그리고 예수의 눈을 거의 부릅뜬 눈으로 응시합니다. 예수는 오히려 어떤 행동도 할 의지가 없다는 듯 눈을 감고 있습니다. 배반할 때 사람은 보통 양심의 가책을 느끼게 마련이고, 그것을 덮으려고 오히려 자신이 정당하다는 이유를 끌어댑니다. 물론 배반하는 데까지 갈 때 이유야 없지 않겠지요. 그렇다 해서 그 이유가 결코 배반을 정당화할 수 없지만, 배반하는 이에게는 그것이 충분한 근거가 되기에 그런 지경까지 가게 될 것입니다. 유다의 저 확신이 절망의 나락으로 바뀌는 데는 사흘이라는 시간조차 필요하지 않았습니다. 극과 극은 언제나 통하는 것인지, 모두가 다 알듯이 결국 그는 스스로 목숨을 끊습니다.

여기서 또 한 가지 재미있는 점은 이 유다라는 인물과 〈토마스의 의심〉이라는 그림 속 예수의 부활을 의심하는 토마스가 같은 얼굴이라는 사실입니다. 이 점에서만큼은 저와 카라바조가 의견을 달리하지만 어쨌든 재미있는 해석인데, 카라바조가 과연 당시 누구의 얼굴을 가져다 이 인물에 대입했는지 궁금하게 만들기도 합니다.

그다음은 제자 요한이라고 해석되는 가장 왼쪽 인물을 보겠습니다. 한쪽 손은 화면 밖으로 나가 있어 그의 허둥대는 모습이 너무도 실감납니다. 그의 약간 검은 빛이 도는 붉은 망토가 휘날려 유다에게 닿은 것이 보이는데, 어떤 형태로든 제자들 역시 유다의 배신에 한몫했음을 나타냅니다.

다음은 병사들을 볼 차례입니다. 갑옷이 번쩍번쩍 차가운 빛을 내뿜습니다. 전쟁을 치르는 것도 아닌데, 아무리 유명한 죄수라지만 죄수 한 명 잡으러 오는데 갑옷까지 걸치고 오지는 않겠지요. 다분히 작가의 의도가 엿보입니다. 세상의 힘이 위력을 떨쳤음을 보여주고 싶은 걸까요. 뒷모습만 보이는 병사는 예수의 멱살을 잡고 땅바닥에 내동댕이치기라도 할 듯 사납습니다. 자신의 뒤에 있는 권력이 당시 최고의 자리이니 유명한 죄인을 잡아 한 계급 더 올라가기를 꾀할까요. 반면 옆얼굴이 보이는 병사는 무언가 망설이거나 회의에 찬 모습으로 보입니다. 과연 이 행위가 옳은지 확신하지 못하고 뒤로 살짝 빠지며 엉거주춤한 모습으로 보입니다.

마지막으로 예수의 모습입니다. 움직임이 화면 가득한 이 동적인 그림에서 유일하게 정적인 인물입니다. 깍지를 낀 손이 유독 두드러져 보이는데, 사실 음영의 법칙으로는 맞지 않는 빛인 것으로 보아 화가의 의도가 가득 담겼다고 보이지요. 예수는 이 사태에 맞설 의지가 전혀 없다는 어쩌면 카라바조의 강한 메시지요, 자신의 해석이라 여겨집니다. 그런 예수의 표정이 지극히 무겁고 고통스러워 보입니다. 자신의 제자가 자신을 배신하는데 입맞춤하는 기가 막힌 상황이지요. 그래도 그 표정에는 이런 상황에 대한 비관이나 분노는 눈곱만큼도 느껴지지 않습니다. 오히려 껴안는 유다, 멱살을 잡는 병사 2명에게 온몸을 맡긴 채, 마치 그 자리에 못 박힌 듯 서 있습니다. 이 절대적인 내맡김을 파악한 카라바조의 통찰이 선명하게 다가옵니다.

처음으로 돌아가 이 모든 상황을 발돋움으로 내려다보는 이에게로 돌아갑니다. 어떤 이는 베드로라고 하지만 제가 보기에는 카라바조 자신이 맞습니다. 아마도 카라바조는 여기 나오는 모든 인물에 자신을 대입하고 싶지 않았을까 생각해봅니다. 세상의 눈으로 봤을 때 아니 종교적으로도 그는 결코 향기로운 삶을 영위하지는 않았습니다. 그런 그에게 작품에서 보이는 번뜩이는 통찰은 참 의외입니다. 그러나 그의 작품들을 한 점 두 점 보다 보면 어쩌면 죄인이라는 의식이 있었기에 볼 수 있었음을 감지하게 됩니다. 자신은 예수를 팔아넘긴 유다이기도 하고, 예수를 가장 사랑했으나 결정적인 체포의 순간에 도망쳤던 요한이기도 하고, 예수를 체포한 병사이며 마지막에는 예수 자신이기도 한 참 여러 층위의 자신을 볼 줄 알았던 진정한 의미에서 종교적인 사람이라고 짐작해봅니다. 카라바조는 자신의 죄를 통해 인간존재의 나약한 바닥까지 체험해본 인간에게 비친 빛을 체험한 인물입니다.

그래서 그는 횃불을 드는 시늉만 하고 그리지는 않았습니다. 어쩌면 자신이 밝힌 횃불이 이 장면을 이끌었다고 자각했는지도 모릅니다. 자신이 밝혀 든 횃불이 결국 예수가 잡혀가는 길을 밝히는 역할을 했다는 뼈아픈 자기 인정의 한 자락입니다. 카라바조는 예수를 배반할 수도, 그런 자신을 깊이 아파하고 통찰할 수도 있는 양극의 깊이를 모두 지닌 참 묘하고 신비로운 인물입니다. 그런 점에서는 사도 베드로도 마찬가지였지요. 성경 곳곳에 베드로의 이 배신이 선명히 기록된 데는 베드로 자신의 통회와 교회 공동체 앞에서 고백이 있었다고 보이지요. 카라바조 역시 자신의 죄와 나약함을 그림을 통해 인정하고 고백합니다.

이 얼굴

부활하신 예수님을 그린 그림은 보통 환한 빛이 동반되곤 합니다. 그런데 환한 빛이라고는 한 점도 없는 어두운 표정의 독특한 이 그림에서 부활한 예수님의 이미지가 떠올랐습니다.

성서에서 부활하신 예수님은 엠마오 길의 제자들에게는 행인, 막달라 마리아에게는 정원지기, 고기를 잡으러 나선 제자들에게는 조언을 해주는 분으로 즉 아주 평범한 인간의 모습으로 나타나셨습니다. 만약에 환한 빛을 띠고 오셨다면 위에 말한 이들이 한눈에 부활하신 예수님이라는 사실을 알아챘을 것입니다. 심지어 예수님인 줄 알아챈 뒤에도 놀람을 멈추지 못하는 제자들 앞에서 물고기도 잡수시고, 의심하는 토마 앞에서는 손발과 옆구리의 상처라도 보여주고 싶어 하시는 분으로, 고기잡이에 지친 제자들에게는 빵과 구운 물고기를 준비하는 엄마 같은 분으로 그리고 마지막으로 베드로에게 세 번씩이나 질문하시며 그를 준비시키는 분으로 제자들에게 인식되었음을 성서 안에서 확인할 수 있습니다. 즉 부활하신 분은 죽음 전과 마찬가지로 제자들의 삶과 아주 밀착된 모습이었지, 구름 위에 둥실 떠 있지 않았습니다.

김호원, 〈부활의 얼굴〉, 145×130cm, 2009

예수님의 삶과 죽음과 고난 그리고 부활과 성령강림을 목격했던 이들에게 예수님의 부활은 결코 화려하지도 찬란한 빛으로 가득 찬 것도 아니었던 것만은 분명합니다. 물론 막달라 마리아조차 알아보지 못했을 정도로 평소와는 다른 모습이었던 것도 사실이나, 다른 모습은 하늘의 천사나 빛나는 왕의 모습이 아니라 정원지기나 행인의 모습이었다는 것이 결코 작은 일이라고는 할 수 없습니다.

부활하신 분은 살아계실 때와 마찬가지로 가난한 이, 온유한 이, 슬퍼하는 이가 복되다 하시는 분입니다. 또 가장 가난하게 가장 작은 목소리로 가장 가난한 이들 안에 계시는 분입니다. 위엄과 힘과 찬란한 광채로 악을 압도하고 엄청난 것을 세우시는 분으로 예수님이 오셨다는 소식을 들은 사람은 없을 것입니다. 이런 모습이 떠오른다면 그것은 자신을 제2의 그리스도라고 칭하는 사이비 종교 교주의 모습일 것입니다. 부활하신 예수님은 오히려 성체 안에, 성령으로 인간의 모습마저 감추신 채, 마치 우리 자신인 듯 그렇게 더 숨어계십니다.

이런 차원에서 김호원 화백의 이 그림은 부활의 예수님 이미지 특히 이 시대에 부활하신 예수님의 이미지와 너무 딱 들어맞습니다. 이 시대 가장 약하고 부서지기 쉽고 위험에 처한 지구와 그 안의 생명체들, 하루에도 엄청난 숫자로 사라져가는 생물의 종을 생각하면서 이 그림을 보게 됩니다. 나무라는 이미지로 표현된 예수님은 고뇌로 가득한 표정입니다. 나뭇가지로 이루어진 눈동자도 제대로 그려지지 않은 예수님의 눈은 참 마음을 아프게 합니다. 피땀을 흘리신 올리브 동산에서의 표정이 이러했을까요?

이 그림은 전체 모습으로 예수님일 뿐 아니라, 나뭇가지 빈 사이에 가난하고 버림받고 고뇌에 찬 사람들의 모습으로 빼곡 채워져 있습니다. 죽어가는 생명체, 버림받은 이들이 예수님의 몸을 이루었다는 사실은 온몸에 전율이 일게 합니다. 죽어가는 지구와 버림받은 사람들 없이 이 시대에 부활하신 예수님을 말할 수 없을 것입니다.

그럼에도 이 그림은 예수님 머리 위 둥근 광채와 함께 위로 둥실 떠오르는 느낌이 들게 합니다. 그래서인지 나무의 색상이 푸른 새순의 색깔이 아니라 늦가을 짙은 고동색임에도 어두운 느낌만으로 가라앉게 하지 않습니다. 나무 밑 희미한 길도 어둠 가득한 땅과 검은색 가까운 둥치 사이로 빛을 향해 이어집니다. 이어지는 빛의 장소는 예수님의 바로 목 부근입니다. 땅의 어둠과 하늘의 빛은 갈라놓을 수 없이 하나로 이어져 있습니다. 어쩌면 하늘의 빛은 저 어둠을 통과하지 않고서는 이르지 못할 길인지도 모르겠습니다.

김호원 화백은 이 시대 가장 나타남 직한 부활하신 예수님의 얼굴을 우리에게 보여줍니다.

고요함과 역동성

이 그림을 처음 만났던 순간을 잊을 수 없습니다. 고요함이 다가와 숨이 멎을 듯한 충격에 한참을 가만히 서 있었습니다. 시간도 멈추어 그 순간이 그대로 영원할 것 같은 그런 고요함이었습니다. 고요함이 그저 조용한 것이 아니라는 사실을 이때 온몸의 전율로 느꼈습니다. 고요함은 아무것도 없는 그저 허공 같은 것이 아니라 오히려 꽉 찬 것일 수 있다는 체험이었지요. 고요함! 가득하되 꽉 차지 않고, 비어 있으되 충만한 고요함.

예수님의 쭉 뻗은 몸은 참혹한 죽음에 대한 어떤 저항도 느낄 수 없고, 그런 예수님의 머리를 온몸으로 둥글게 감싸는 성모님은 억겁의 세월이 흘러도 미동조차 하지 않을 것 같습니다. 두 분은 온전히 일치해 아예 한 몸이 되어 물리적으로 떼어놓을 수 없을 것 같은 느낌마저 듭니다. 그 고요함이 너무도 엄숙해 깊은 경외감에 함부로 만지지도 못했습니다.

그러나 시간이 흐르면서 천천히, 이 이콘이 전하는 것은 단지 한 곳에 머무른 고요만이 아니었음을 알아차렸습니다. 이 고요함은 정지상태가 아니라, 오히려 이 세상 모든 것을 빨아들일 수도 있는 큰 수용성을 품은 듯합니다. 온전한 수용! 피아트(fiat)! 당신의 뜻대로 이루어지소서! 고요함과 모든 것을 수용하는 큰 움직임은 서로 엇갈려 들며 이쪽과 저쪽을 구분할 수 없습니다. 참혹한 죽음과 내팽개쳐짐과 가장 사랑하는 이들로부터의 배신 그리고 그 모든 것을 온몸으로 수용하고 죽음을 맞은 예수님의 몸. 소름마저 돋게 하는 대조를 그림 한 폭이 그대로 펼쳐내놓는데, 받아들이는 게 쉽지 않았습니다. 그리고 예수의 몸은 그 모든 걸 받아들여 누구도, 무엇도 거부하지 않는 사랑의 몸이 되었습니다.

이 예수님의 몸은 이제라도 사뿐히 일어나 훨훨 가볍게 날아 내 옆에 다정히 앉을 것도 같습니다. 이러한 예수와 예수의 몸과 한 치의 틈도 없이 온전히 일치한 마리아, 두 분 사랑의 큰 포옹이 활짝 열리면서 그 속에 내가 포근히 감싸일 것도 같습니다. 고요함과 적극적 수용의 이 역동성은 십자가와 부활의 역동성입니다. 십자가 안에는 이미 부활이 깃들어 있고, 부활의 빛은 십자가 수난의 온전한 수용을 결코 잊는 일이 없습니다. 우리의 삶은 이 역동성을 닮지 않는 한 고통의 굴레에서 벗어날 수 없겠다는 사실이 이 이콘을 보노라면 물감처럼 저를 고요히 물들여갑니다. 처음에 받았던 소름의 느낌, 거부감은 어느새가 녹아들어 자신이 그런 생각을 했는지조차 잊게 합니다.

감당할 수 없는 고통조차 수용할 때만 고통에 대한 진정한 해답을 얻을 수 있고, 고통에도 좌우되지 않는 참된 해방의 삶을 살아갈 수 있습니다. 사실 살펴보면 우리 삶 자체가 이 역동을 이루어주는 쌍으로 이

루어졌습니다. 평화와 혼돈, 첫째와 꼴찌, 빛과 어둠, 친밀함과 거리 유지, 사랑과 두려움, 기쁨과 슬픔, 역경과 순경, 순종과 자유, 침묵과 대화, 이 두 요소 중 한쪽 편만을 지닌 사람은 존재하지 않습니다. 한쪽 편만 너무 치중할 경우, 쉽게 문제가 생기거나 존재 자체에 어떤 결함이 있을 수도 있습니다. 어린아이는 기쁠 때는 슬픔에 대해서는 생각조차 할 수 없어 막 들떠 괴성을 지르고 날뛰기도 합니다. 반대로 손에 있는 걸 뺏

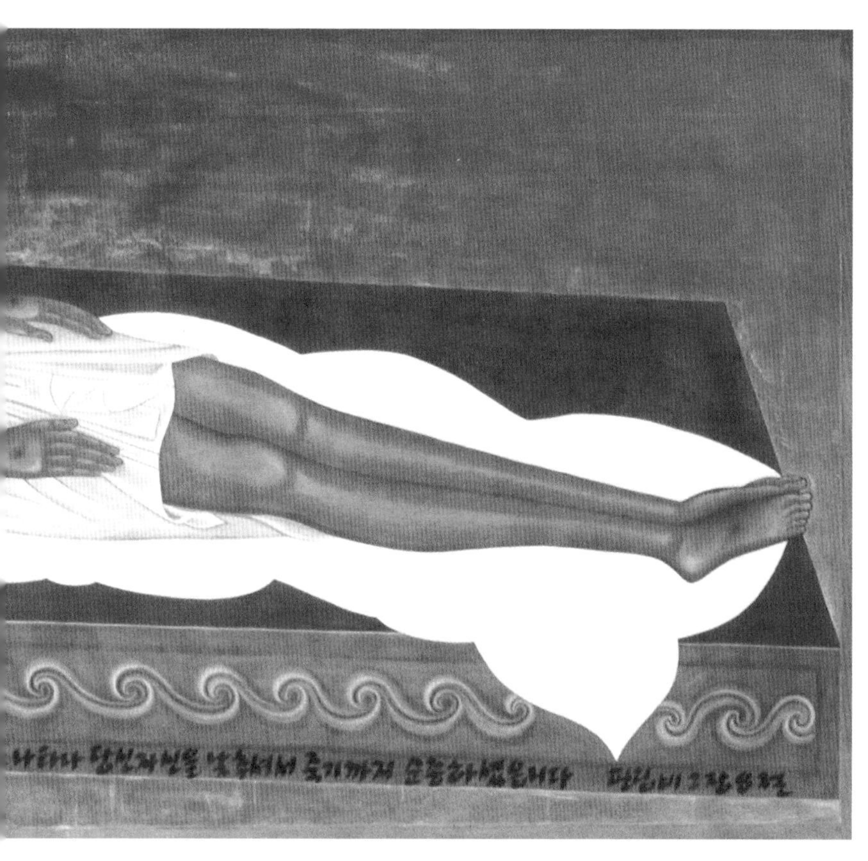

최연희 마리아, 〈피에타〉

기기라도 하면 온 세상을 잃은 듯 울고불고 난리가 나서 마치 이 세상이 슬픔으로만 채워진 듯 난리를 칩니다.

그러나 성숙한 사람은 그렇지 않습니다. 자신의 삶을 짓밟는 역경 속에서도 웃음을 잃지 않을 수 있고, 기쁨 속에서도 그 기쁨이 영원하지 않으며, 슬퍼하는 다른 사람이 있음을 기억할 수 있습니다. 이러한 참된 성숙만이 운명의 장난에 자신의 삶을 내맡기지 않고 역경 속에서나 순경 속에서나 참된 자기 자신을 지킬 수 있는 해방의 삶을 살아가게 해줍니다. 평화와 혼돈, 첫째와 꼴찌, 빛과 어둠, 친밀함과 거리 유지, 사랑과 두려움, 기쁨과 슬픔, 역경과 순경, 순종과 자유, 침묵과 대화. 이 두 요소를 그저 병렬로 늘어놓고만 봐도 어찌해야 할지 막막함이 몰려오긴 합니다.

어느 한쪽 혹은 양쪽을 다 얻겠다고 고군분투라도 할까요? 이것은 답이 아닙니다. 어쩌면 해답이 없는 양쪽이 함께 있는 그 긴장을 견뎌내는 것만이 답일지도 모릅니다. 그 긴장은 경직이 아니라 오히려 힘이 있고 아름답습니다. 이 그림을 보노라면 저도 이 이콘 속으로 깊이 빨려들어가고 싶은 갈망이 일어납니다. 십자가가 거기 있는 줄 알지만 그래도 저 속으로 들어가고 싶게 합니다. 진짜 십자가에는 거부감이 아니라 사람을 깊이 끌어당기는 매력이 있습니다. 저 두 분의 마음과 하나 되어 같은 마음으로 이 세상과 그 안팎의 모든 걸 받아들이고 싶은 갈망이 무럭무럭 자라납니다. 세상은 지니지 못한 고통을 사랑으로 바꾸는 신비를 그림 한 폭이 전해줍니다.

한 유대인의 초상화, 예수와 유다

처음 그림을 접했을 때 유다와 예수님이 동시에 떠올랐습니다. 그러나 즉시 예수님일 수 없다는 결론이 내려졌습니다. 눈빛 때문입니다. 그리고 레핀(Ilya Yefimovich Repin, 1844~1930)이 어떤 의도에서 일부러 불특정한 유대인 초상화를 그렸는지 호기심이 생겨났습니다. 먼저 얼핏 봤을 때 옷차림이나 머리 모양에서 화가들이 예수님을 그릴 때 자주 사용하는 스타일이라는 점이 와닿습니다. 그리고 자세한 조사 결과가 있어야 단정 지을 수 있겠지만, 이 초상화는 어떤 실제 사람을 모델로 그렸다기보다 자신의 상상 속 인물일 것 같은 느낌이 듭니다. 말하자면 유대인의 특성을 잡아내어 그린 것이라고 할까요. 그 이유는 사실적 묘사로 각 사람의 특징을 절묘하게 잡아내는 레핀의 초상화 스타일에서 좀 벗어나 뭔가 정형화된 느낌을 받기 때문입니다. 이에 대해 아시는 분은 제가 틀린 사실을 말했다면 언제든 정정해주시기를 먼저 말씀드립니다.

그러면서 아마도 레핀은 유다와 예수를 의도적으로 겹치게 그리며 제목도 여러 가지로 상상이 가능한 〈어느 유대인 초상화〉라고 붙이지 않았을까 생각합니다. 사실 배신자로 알려진 유다만을 그린 그림을 본

일리야 레핀(Ilya Yefimovich Repin), 〈Portrait of a Judean〉

적이 없습니다. 예수님을 빼고 유다를 이야기할 수도 없거니와 유다만의 모습을 그려내는 것도 사실 실물이 앞에 있는 것도 아닌데, 그렇다고 무조건 악당 같은 인상으로 그린다는 것도 유다의 복합적인 성격을 드러내기에는 무리이기 때문입니다.

어쩌면 역사 속 유다는 누구보다 예수를 열정적으로 사랑했을지 모릅니다. 사랑을 쏟았던 만큼 그 사랑이 자신에게 돌아오기를 기대했을 것임이 틀림없습니다. 인간이라면 누구나 그렇습니다. 그리고 열혈당원 유다에게 그 사랑은 자기와 같은 길, 조국의 회복이라는 길이었을 것입니다. 그것을 실현하는 데 필요한 민중선동, 민중의 신뢰 확보, 로마에 대한 복수심, 유대인의 희망인 메시아에 대한 자부심 같은 것이 털끝만큼도 보이지 않는 시간을 유다는 견딜 만큼 견뎠을 것입니다. 이 열혈당원에게서 빠질 수 없는 애국심과 자기 욕망 또한 모자라지 않았을 것입니다. 돈주머니 역할을 맡았던 것을 보면 누구보다 현실에 밝고 또 총명했을 것이고, 그 총명함으로 누구보다 빨리 자신의 길과는 너무도 다른 예수의 길을 파악했겠지요.

베드로의 경우를 생각해보더라도 "너는 나를 누구라고 생각하느냐?"는 예수님의 질문에 "하느님의 아들 그리스도"라고 제대로 대답하지만, 곧바로 예수님이 그 그리스도는 수난과 죽임을 당한 후 3일 만에 부활했다고 하자, 그래서는 안 된다고 펄쩍 뜁니다. 아마도 베드로의 진심 어린 사랑이 담긴 말이겠지만, 결정적으로 그리스도에 대한 베드로의 오해가 드러나는 대목이었지요. 여기에 예수님은 "사탄아 물러가라"

라는 더없이 강한 말로 응대하십니다. 이 지점에서도 베드로는 예수님의 길을 깨닫지 못합니다.

여기서 우리는 유다의 총명함이 어느 정도였는지 짐작해볼 수 있습니다. 스승의 죽음과 부활을 경험하고서야 다른 제자들이 알아들은 예수의 삶의 철학을 유다는 다른 방향이긴 하지만 일찌감치 파악했고, 그것이 민족해방의 염원을 채워줄 수 없는 것임을 확인했습니다. 그리고 확신에 찬 배신의 길을 선택합니다. 은전 30냥을 받음으로써 배신을 공식화합니다. 그럼에도 그에게는 인간 예수에 대한 연민, 미련, 사랑의 찌꺼기 감정이 남아 있었습니다.

이 그림 속 남성에게서 그 열렬함과 두려움, 고독, 미련 모든 것이 느껴집니다. 꽉 다물지 못하고 벌어진 입에서 확신만큼이나 뱃속에 들끓는 뭔가 다른 감정을 느끼게 해줍니다. 앞이 아닌 저 먼 곳을 바라보는 그의 눈빛 속에는 이미 너무 먼 거리를 와버린 사람의 회한과 돌아갈 수 없는 안타까움, 자기가 파악한 앞길을 버릴 수 없는 확신까지 들여다보입니다. 저 눈은 보면 볼수록 슬픔이 가득 고여 올라 물이 넘쳐 이곳까지 넘실거릴 것만 같습니다. 고독함과 확신의 절묘한 조화가 저 눈빛 안에 섞여 있습니다.

예수의 겉모습과 유다라는 사람의 내면을 절묘하게 겹쳐 그린 레핀이라는 사람, 동시대 사람이라면 꼭 만나보고 싶었을 인물입니다.

뒤에 숨은 사람

렘브란트다운 통찰이 빛나는 그림 중 하나입니다. 얼핏 보면 그저 성탄을 그린 것 같지만 조용히 그림 앞에 머물면 렘브란트의 마음이 전해져 옵니다. 그 비밀을 한 번 엿봅시다. 우선 배경이 되는 상황부터 살펴보면 아마도 허겁지겁 목자들이 다녀가고, 이제 조용히 숨을 고를 만하다 싶을 때 동방박사들이 경외감에 가득 차 들어왔습니다. 그들의 말, 그들의 태도 속에 마리아와 요셉은 같이 압도되었겠지요. 일말의 의심이 남아 있었을 요셉조차 그들의 태도에 함께 전이되어 하느님을 찬미했던 것임이 틀림없습니다. 묵을 집을 찾느라 애를 태우고 마구간에서 아기 예수가 탄생하고, 이어진 갑작스러운 방문들, 그렇게 예상조차 못했던 상황도 다 지나가고 두 사람만 남게 되자 그들은 녹초가 되어 깊은 잠에 빠져들었습니다.

이 그림의 비밀은 천사입니다. 천사는 마리아를 보는 둥 마는 둥 하고 요셉의 어깨 위에 다정하게 손을 올리고 무엇인가를 이야기합니다. 무슨 이야기를 나누었을까요? 요셉은 처음 마리아의 임신을 알았을 때, 마리아가 곤란하지 않게 아무도 몰래 파혼하기로 마음먹습니다. 이스

렘브란트 반레인(Rembrandt Harmenszoon van Rijn), 〈Joseph's Dream〉, 1645, 베를린 국립회화관 소장

라엘 남성으로서 취할 수 있는 가장 관대하고 고귀한 행위였지요. 보통 남성이라면 처녀의 집에 찾아가 난동을 부렸을 텐데, 그랬더라도 아무도 그를 탓하지 않았을 것입니다.

그리고 그 처녀는 돌에 맞아 죽었겠지요. 이것은 당시 이스라엘의 건강한 청년이 할 수 있는 정당한 처사였습니다. 요셉은 이 보통의 처사를 훨씬 넘어서는 인품을 지녔기에, 그 와중에 마리아가 곤란하지 않게 파혼하는 배려까지 생각합니다. 그런 그에게 꿈에 천사가 나타나 성령으로 잉태한 하느님의 아들임을 밝히고 "두려워하지 말라"고 합니다. 그는 단순히 이 말을 받아들여 마리아를 아내로 맞이하고, 그 아기가 세상에 태어난 것입니다.

그런데 요셉의 마음이 일사천리 꽝 하고 도장 찍듯 모든 고뇌와 의심, 두려움이 한 번에 다 사라져버리지는 않았으리라고 봅니다. 여기에 오히려 요셉의 인물됨이 더 드러납니다. 그는 늘 마리아와 아기 예수 뒤에 머무는데, 건강한 남성으로서 이것이 쉬웠을 리 없을 것입니다. 이 아기가 하느님의 아들임을 진정으로 감지하고, 이스라엘이 그리도 고대하던 분이 자신의 품에 있음에 감사와 경외로 가득 찬 순간도 맛보았을 것입니다. 높고 부유한 이가 아니라 작고 가난한 이를 찾아오신 하느님, 그 신비 앞에 압도당하는 체험도 했을 것입니다.

그럼에도 한 인간으로서 자기성취의 욕구를 끊임없이 포기하며, 젊디젊은 한 남성이 그림자처럼 오직 뒷바라지만 하는 걸 누가 감히 어렵지 않다고 할 수 있겠습니까? 그런 요셉에게 천사는 늘 길동무가 되어 주지 않았겠는지요? 마리아에게도 털어놓을 수 없는 남성으로서의 비참함마저도 그에게 예외가 아니었을 것입니다. 그런 상황에서 누구나 그러하듯 참힘은 인간에게서 나오지 않습니다. 그런 그에게 천사는 하느님의 계획을, 참된 생명의 기쁨을, 자기 아들의 부활로부터 샘솟는 기쁨을 미리 맛보게 해주지 않았겠는지요? 죽음으로부터 부활한 생명만이 모든 고뇌의 유일하고 참된 답이니까요.

요셉은 자면서도 지팡이를 자신에게서 떼어놓지 않습니다. 지팡이는 당시 길가는 순례자들의 무기였지요. 만일의 사태를 대비하는 그의 사려 깊음이 다시 드러나는 장면입니다. 마리아는 아기를 감히 품에 안지도 못하고 두 손으로 둥그렇게 감싸고 있습니다. 마음 가장 깊은 곳을 움직이는 분, 그분이 자신의 아들, 이 둘 사이에 마리아의 신비가 있습니다.

하느님의 어릿광대, 무력한 이들에게 깃들어 있는 예수

세속주의와 불신앙이 한창 맹위를 떨치던 19세기 프랑스에 루오(Georges Henri Rouault, 1871~1958) 같은 종교화가가 태어난 것은 참 경이로운 일입니다. 실존주의적 허무가 깊이 침잠하던 한복판에 그의 섬광과도 같은 종교체험이 깃든 작품들은 사람들에게도 경이로움을 불러일으켰습니다. 그만큼 그의 작품에는 참된 신적 체험이 깃들어 있습니다. 그뿐만 아니라, 인간존재의 슬프고 참담한 모습을 루오만큼 명확하게 본 화가도 흔치 않습니다. 그럼에도 그의 그림에는 비관주의의 그림자가 비치지 않습니다. 이 사실이 또한 그의 영적 체험의 진정성을 비춰주기도 합니다.

그의 작품에서는 눈물이 흐릅니다. 하지만 그 눈물은 인간의 고통에 공감하고 그것을 씻어주는 그런 종류의 눈물입니다. 그의 그림에는 또한 분노가 느껴집니다. 그 분노는 인간을 인간답지 못하게 하는 세상의 악을 접해본 이의 참으로 마땅한 분노이지만, 그 분노를 원수라 여겨지는 대상을 향해 폭력으로 내뿜지는 않습니다. 분노함으로써 참으로 약하고 짓밟히고 희생되는 사람들을 세상이 알게 하는 분노입니다.

조르주 루오(Georges Henri Rouault), 〈Clown〉, 파리 국립 근대미술관 소장

또 쓸데없는 곁가지를 생략하고 핵심만 남기는 루오의 기법이 독특하기까지 합니다. 동양화처럼 여백을 중요하게 여기지는 않지만, 그림에 핵심만 남김으로써 그가 전하려는 바가 뚜렷하게 드러납니다. 그의 그림은 애초부터 그저 아름답기만 한 것에는 관심이 없습니다. 인간실존의 고뇌와 고통스러운 현실 그리고 하느님의 자비를 빼고서는 루오의 작품을 이야기할 수 없게 됩니다. 그중에서도 광대를 주제로 한 작품이 수적으로도 눈에 띕니다. 얼굴만 그린 광대, 서 있는 광대, 앉아 있는 광대, 줄 타는 광대, 말 타는 광대, 공 던지는 광대 등 종류도 다양하며 대충 헤아려도 수십 점이 넘습니다.

그의 인생 여정의 한 장면을 보면 그의 의도를 감지할 수 있는 부분을 만나게 됩니다. 루오는 볼라르라는 미술 중개상에게 자신의 그림 전체의 권한을 넘기는데, 이 중개상이 죽습니다. 그리고 그 중개상의 상속인들과 루오는 미완성 작품들의 소유권 문제로 재판을 치릅니다. 오랜 송사 끝에 그는 자신의 작품들을 회수합니다. 그리고 그것들을 불태워 버립니다. 스스로 밝히기를, 예술은 숭엄하기에 세상에 미완성작을 내놓을 수는 없었다는 것이었습니다. 금전이 아니라 예술을 위해서 소송을 건 루오. 참 바보 같은 사람입니다.

그림 속의 광대는 어쩌면 루오 자신일지도 모릅니다. 스스로 자화상이라 한 〈도제〉라는 제목의 그림보다 광대 그림들이 더 그의 모습에 가깝게 느껴집니다. 광대는 약삭빠르게 승승장구하는 승리자의 반대편에 서 있는 사람들입니다. 힘없는 사람, 세상의 변두리에 있는 사람들입니다. 남을 위해서 웃음을 만들어내는 그들의 눈에는 슬픔이 가득합니다. 세상 사람들을 웃게 하되 자신은 슬픕니다. 이 양극이 만들어내는 깊은 슬픔, 그 슬픔을 통과한 투명함이 화면 가득 넘칩니다.

루오의 위대함은 이 정도에서 그치지 않습니다. 그는 세상의 양지로는 결코 나갈 수 없으며, 나가더라도 적응하지 못하는 비극적인 인간상을 그리는 고발에서 멈추지 않습니다. 광대의 얼굴을 예수의 얼굴과 상당히 유사하게 그렸습니다. 특히 그 눈빛이 그러합니다. 형용할 길 없는 투명함이 화면을 건너 사람의 마음에까지 와닿습니다. 밀어낼 수는 있어도 부정할 수는 없는 그런 종류의 투명함입니다. 이 투명함 앞에 서면 이들의 삶에 함께 연대해야 할지 외면해야 할지 결단을 촉구받았음을 느낄 수밖에 없습니다.

광대의 얼굴에서 예수의 얼굴을 알아보지 못하는 사람은 예수의 마음을 알아들을 수도 없습니다. 더 나아가 루오는 그리스도인의 삶은 작고 낮고 무시당하고 찌부러진 이들의 부류에 속하는 것임을 주장하고 싶어 하는 듯합니다. 그렇지 않고서는 예수의 눈빛을 광대의 눈빛과 동일시할 수는 없습니다.

삶과 인간의 고뇌, 모순, 불의에 누구보다 민감했던 루오는 가장 가난한 이들을 통해 우리의 이웃이 누구인지, 우리의 이웃을 그렇게 만든 이는 누구인지 묻습니다. 그리고 우리 역시 광대요, 버림받은 사람임을 조용히 그러나 강하게 말해줍니다. 루오는 십자가에 매달린 그리스도를 주님으로 모시면서 우리가 결코 세상의 승리자일 수는 없다는 사실을 참으로 투명하게 알아들었습니다. 그래서 세상의 한복판, 세상의 꼭대기에서 군림하며 무력한 이들을 사람 취급하지 않는 일은 있을 수 없는 일임을 철저히 깨닫고 살아간 성인의 무리에 속하는 사람입니다. 그는 하느님의 어릿광대였습니다.

진정한 깨끗함, 짐에서 벗어난 여인

요한복음 속 '간음한 여인'을 다룬 그림입니다. 이 그림에서는 예수님조차 여인에게 한 수 밀리는 듯한 인상마저 받게 합니다. 눈부실 정도로 하얀 옷을 입은 여인이 보는 이의 시선을 끌고 그림의 중심을 이룹니다. 간음을 하고 현장에서 잡혀 끌려 나온 여인이라고는 보이지 않지요. 같은 주제를 다루는데 어찌 이리도 다른 그림이 나왔을까요?

단적으로 표현하자면 렘브란트는 이 여인에게서 통회한 사람의 모습이 어떠한지를 보고 있습니다. 참으로 깨끗한 이는 죄를 지은 적도 없는 사람이 아니라, 가장 더러운 것들이 생명의 원천에 닿아 씻겨진 사람임을 말하고 싶어 하는 것 같습니다. 순수함은 더러움을 품는 힘이요, 참된 고요는 아무런 소음도 없는 정적이 아니라, 가장 시끄러운 것들의 꼭대기에 있는 것과도 같습니다. 아무것도 없는 하얀 백지가 가장 쉽게 더러워질 수 있듯 자연적인 순수, 깨끗함, 고요는 사실 언제든지 더러움과 소음으로 오염될 수 있음을 우리는 잘 압니다.

현장에서 끌려 나올 정도이니 이 여인의 행적은 아마도 많은 이에

렘브란트 반레인(Rembrandt van Rijn), 〈Christ and the Adulteress〉, 1644, 런던 내셔널 갤러리 소장

게 이미 알려져 있다고 봐도 무방합니다. 그런 행적을 지닌 여인에게 지금까지 한 번도 들어본 적이 없는 목소리, 단죄도 비방도 하지 않는 목소리가 들려옵니다. 잡혀 끌려와 감히 누구도 쳐다보지 못하는 그녀에게 이 목소리는 둘러선 무리의 고발의 소음을 가르며 조용히 내려옵니다. 둘러선 고발자 남성들은 〈저 아픈 눈〉의 그림과는 달리 아주 점잖습니다. 눈엣가시 같은 예수를 걸어 넘어트릴 둘도 없는 기회를 잡은 여유와 넉넉함마저 보입니다. 게다가 풍기를 문란케 하는 여인마저 처벌하게 되었으니 굳이 서두를 필요도 없습니다. 이제 예수의 난감한 반응만을 기다리며 의기양양하던 그들에게 상상하지 못했던 말이 거꾸로 자신들을 향해 날아옵니다.

"너희들 가운데 죄 없는 사람부터 저 여인에게 돌을 던져라."

난감해진 것은 이제 고발자 쪽입니다. 자신들을 비방하려는 기색도 없는 예수에게 대들 명분도 없거니와 여인에게 돌을 던짐으로 스스로 죄 없는 사람이 될 수도 없는 궁지에 몰려버렸습니다. 이럴 때 가장 좋은 방법은 피하는 것이겠지요. 굳이 그들에게 한 방 먹일 생각이 아니었던 예수이니 하나둘 떠나가는 이들을 내버려둡니다.

이 그림에서 성전으로 보이는 듯한 건물은 묘한 구조를 이뤄 2층 난간 혹은 테라스 같은 것이 있는데, 그곳에 사람들이 더 많이 모여 상황을 주시하고 있습니다. 어쩌면 이 방관자들은 여인을 현장에서 끌어온 고발자들보다 더 교묘합니다. 치사한 일에 직접 몸담기도 싫고, 사람을 단죄하는 행위에 괜히 끼어들고 싶지도 않지만, 이 거추장스러운 예수라는 존재는 어떻게든 처리되었으면 하는 생각을 지닌 이들 아닐까 짐작해봅니다. 또한 신분이 더 높은 사람들일 가능성이 큽니다. 자기 손에는 더러운 것을 묻히지도 않고 사람을 시켜 처리하는 그런 사람들이 어느 시대나 있는 법이지요. 자기 죄를 인정할 수 있었던 여인, 예수의 목소리에서 참된 삶으로의 초대를 들을 수 있었던 죄 많은 여인과 달리 이곳에 모인 이들은 예수의 목소리가 뒤통수를 때리는 듯한 찝찝함을 품고 각자의 집으로 발길을 돌리고 맙니다.

죄는 죄입니다. 그러나 단죄한다고 해서 결코 죄가 사해지거나 깨끗해지지 않습니다. 죄를 용서하는 목소리, 그 목소리 앞에 자신을 내어놓을 때 그때만 진정으로 깨끗한 영혼이 됩니다. 그런 목소리를 가르며 무한히 기다려온 목소리, 그녀의 영혼의 아픔들을 감돌아 씻어주는 목소리, 떨치려 해도 떨칠 수 없었던 그 무거운 짐들, 언제나 등을 누르듯 무거웠던 그 짐을 사뿐히 들어내 놓아주는 목소리가 들려옵니다. 그녀는 이 목소리에 거부하지 않고 자신을 맡깁니다.

렘브란트는 그런 여인을 자기 그림의 중심에 놓고 예수님을 오히려 제2의 주인공으로 놓습니다. 렘브란트다운 아니 렘브란트만이 할 수 있는 대담함입니다. 이런 창의성을 만나면 시샘이 납니다. 성경 앞에, 예수 앞에 그처럼 투명하게 서고 싶게 합니다.

부활은 이미 이 땅에서

마음을 움직이는 힘! 석창우 화백의 그림과의 첫 대면, 설명이 필요 없이 그대로 마음에 들어오는 그림입니다. 그리스도 부활의 힘, 생명이라는 말이 이렇게 찰떡같이 붙는 그림, 만나기 쉽지 않지요. 생명이 펄펄 느껴집니다. 이렇게 펄펄 뛰는 힘을 지닌 그림은 왠지 거북한데 이 그림은 그렇지 않습니다. 이 화백의 모든 그림은 의자에 앉은 사람을 묘사한 것마저도 날아오를 듯합니다. 이 힘, 이 생명력! 저기 저쪽에 있어 나와 상관없는 사람의 힘찬 모습이 아니라, 내 안에까지 들어와 나에게 말을 거는 생명력입니다. 자신 안에 갇힌 자기만족의 힘이 품은 폭력성이 느껴지지 않고, 타인을 향해 나아가는 열린 힘이 그대로 느껴집니다. 부활은 죽어서나 가는 저세상 이야기가 아니라 이미 이 땅에서 시작된 하나의 다른 차원이라는 사실을 이 화백의 삶을 알게 되면서 깊이 깨닫는 기쁨을 맛보았습니다.

그런데 이분이 두 팔이 없는 분이라는 사실을 알았을 때 놀라고 또 놀랐지요. 바로 그다음 순간 '그래 어쩌면 당연한 일'이라는 감탄이 따라 나왔습니다. 그래서 얼른 인터넷을 뒤져봤더니 의수에 갈고리를 달고 그 갈고리에 붓을 끼워 그림을 그리는 모습을 찾아볼 수 있었습니다. 그분의 여정을 읽어보기도 전에, 두 팔을 잃고 저렇게 우뚝 일어서기까지 얼마나 많은 시간을 거쳤을지 피부가 아려오는 느낌이었습니다.

그리고 잠시 후 "그래, 그렇구나! 삶의 여정이 그대로 휘몰아쳐, 가야 할 마지막 지점 그곳, 그분, 사랑의 하느님을 만났구나"라고 고개를 끄덕였지요. 실제 이분은 그리스도인입니다. 어쩌면 저런 그림이 나오는 것이 당연하다는 생각까지 들었습니다. 멀쩡하게 살아서 죽음을 경험하고 죽음에 짓눌리고 죽음의 혀의 날름거림을 바로 눈앞에서 경험하고도 삶을 포기하기는커녕 팔이 있던 시절과는 전혀 다른 새로운 삶으로 전환할 수 있는 사람은 바로 부활의 생명을 살아가는 사람이라고 할 수 있겠지요.

그분의 이야기는 다음과 같습니다. 2만 2,000볼트 전기 감전으로 12번 수술 후 두 팔을 잃게 되었을 때, 이분의 아내는 "이렇게 되었으니 살림은 내게 맡기고 당신 하고 싶은 것 하면서 살아"라고 했답니다. 그리고 그림을 그리게 된 동기가 4살 된 아들이 팔 없는 아빠에게 "그림을 그려달라"고 한 것이 시작이었다네요. 아빠로서 아무것도 할 수 없었는데 이것이라도 해봐야겠다고 생각해 볼펜으로 그림을 그려주기 시작한 것이 오늘에 이르렀다고 합니다. 저는 마음에 들어오는 화가가 있으면 우선 그분의 삶부터 살펴봅니다. 그러면 그림이 내 안으로 들어옵니다. 내가 그림을 분석하고 해석하는 것이 아니라 그림이 말을 걸어옵니다.

아내와 아들, 팔을 잃은 아빠가 함께 말을 걸어옵니다. 가족 서로 간의 사랑을 통해 이분은 이전과는 다른 새 생명을 얻었다 할 수 있습니다. 사랑의 위대함을 새삼 느낍니다. 만약 아내 되시는 분이 실의에 차 비관적인 말이나 심지어 비난의 말을 던졌다면 이 독특한 화가가 탄생했을까요? 철없는 아이의 아빠에 대한 신뢰가 없었다면 이분이 볼펜을 입에 물고 그림을 그려볼 생각을 했을까요? 사랑은, 참사랑은 무한합니다. 그러니까 한계를 모른다는 이야기지요. 그 사랑의 무한함을 이미 이 땅에서 맛보는 사람들이 있습니다.

석창우, 한국예술종합학교 출신 안무가들의 춤 공연을 보고 그리다

이 화가는 두 팔을 잃음으로써 두 팔보다 더한 참 생명, 부활의 생명, 사랑의 생명을 얻었고 이 생명은 죽음도 상처도 장애도 결코 눌러 없앨 수 없습니다. 이분의 삶 자체가 이 부활의 생명, 힘을 찬미합니다. 사실 그림은 이 생명의 결과라고 할 수 있을 것입니다. 이분과 가족의 삶은 이 뛰어난 그림보다 훨씬 아름답습니다. 부활한 예수님은 눈에 보이지 않습니다. 부활하신 예수님은 우리 자신 안에서 빛과 힘, 생명을 발하십니다. 세상은 이렇게 부활을 미리 살아가는 사람들을 통해서만 부활로 드러납니다. 고맙습니다.

여인에게서 발산된 희망의 빛

한 편의 시를 보는 듯한 그림입니다. 이 그림을 묵상하다 보면 한 편의 소설이 나올 법하지 않나요. 우리말로는 발음도 어려운 빌헬름 하메르스회(Vilhelm Hammershøi, 1864~1916)라는 덴마크 근대의 대표 화가 그림입니다. 은둔의 화가로 알려진 이 화가가 10년 이상 살았던 거리의 주소가 이 그림의 제목이지요. 이 집에 살면서 집의 내부를 수많은 그림으로 남겼습니다. 그림의 모델도 은둔의 화가답게 자신의 여동생, 어머니, 아내입니다. 이 집 내부와 아내의 뒷모습이 자신의 그림 소재의 대부분을 차지하지요. 그는 자신의 작품 전시회에도 모습을 드러내지 않을 정도로 은둔의 삶을 살다가 마흔 살 초반이라는 이른 나이에 후두암으로 세상을 떠납니다.

그의 그림 전반에 흐르는 침묵과 옅은 우울함이 역시 이 그림에서도 예외는 아닙니다. 화려함이 배제된 단순한 건물의 깊은 가라앉음이 인상적으로 다가옵니다. 그의 다른 그림과 마찬가지로 그림 속 공간은 배경이 아니라, 공간 자체가 일종의 주인공입니다. 그리고 그 공간은 공간이되 빈자리입니다. 그는 비움으로써 그 공간을 보는 이가 침묵으로

빌헬름 하메르스회(Vilhelm Hammershøi), 〈Courtyard Interior at Strandgade 30〉, 1905, 개인소장

들어가게 합니다. 이 그림 역시 사방이 막힌 건물이건만 막혔다기보다는 중간이 비었다고 느껴지게 합니다. 침묵과 함께 건물이든 사람이든 묘한 우울감이 가득합니다. 과학은 눈부시게 발전하나 영적인 것은 텅 비어가는 현대인의 정신적 공황상태가 시적 흐름으로 전달되는 그림입니다. 이 우울감이 비틀림이나 황폐한 느낌보다 시적 분위기로 오히려 더 가슴을 저미며 다가옵니다. 현대 심성의 황폐함은 하나의 현상으로 누구도 예외 없이 겪는 기본적인 바탕과도 같지요. 최대의 편리함, 최고의 먹거리, 최상의 속도를 즐기지만, 인간 내면은 결코 그것으로는 채워질 수 없는 어떤 영역이 있기 때문이 아닐까 생각해봅니다.

그의 그림 중에서도 이 그림은 좀 독특합니다. 창으로 비쳐드는 햇살을 그린 그림이 몇 점 있고, 마치 햇살 속 먼지의 고요한 춤이 보일 정도의 투명한 아름다움이 느껴지는 그림들이지요. 그런데 이 그림은 그것들과도 또 다릅니다. 그의 그림 가운데서는 유일한 형태로 보이는데, 여인의 몸동작부터 그렇습니다. 그는 여인들의 뒷모습을 많이 그려 뒷모습의 화가라는 별칭까지 얻었을 정도니까요. 아니면 고요히 앉아 있거나 정지된 모습으로 느껴지지, 이렇게 적극적으로 아래를 향해 무엇인가를 바라보는 모습의 그림은 유일합니다. 이 여인은 대체 무엇을 저리 열정적으로 내려다볼까요?

그리고 저 환한 빛은 어디에서 나오는 것일까요. 여인이 창문을 연 건물의 색을 보십시오. 우중충한 느낌마저 감도는 잿빛입니다. 그 안은 더 검고 어둡습니다. 여인이 쓴 모자의 밝은 색깔이 대조를 이루고, 여인과 그 주변에만 빛이 환하게 감돌고 있습니다. 카라바조와 렘브란트를 절로 떠올리게 만드는 명암의 교차입니다. 여인의 오른쪽은 어떤 반짝임도 없고 왼쪽으로만 밝게 광선이 드리우는 광경이 독특하면서도 다소 비현실적인 느낌까지 주고 있지요. 여인을 중심으로 머무는 빛은 그것이 어디선가에서 비추어 내려오는 게 아니라, 여인 자신에게서 나오는 것처럼 여겨지게 합니다. 제 눈에는 이 여인에게서 화가의 집을 비추는 빛이 발산되는 것처럼 보입니다.

화가 자신의 깊은 침묵과 오랜 은둔에서 여인으로부터 어떤 희망의 빛을 보았던 것일까요? 여인의 푸른색 모자 역시 이 그림에서만 볼 수 있는 현상이라는 사실도 놓치지 말아야 할 부분입니다. 다른 그림에서 여인들은 검은색이나 회색이 주를 이루니까요. 그저 주변 환경을 관조하지 않고 적극적 자세로 바깥 삶의 현장을 향하는 여인의 환함이 건물 전체의 어두운 색조에 눌리기는커녕 새로운 빛이 되고 있습니다.

2장

추락과 상승은 따로 있지 않다

춤추는 마음

이 그림은 첫눈에 사람을 끄는 매력이 있습니다. 아주 반듯한 사람이었던 마티스(Henri Matisse, 1869~1954)가 노년에 그린 그림인데, 인간의 자유를 향한 갈망이 참 잘 드러나 있습니다. 실오라기 하나 걸치지 않은 남녀의 무리가 수치라고는 전혀 찾아볼 수 없는 편안하고 자유로운 모습으로 무념무상의 춤을 춥니다. 아무도 없는 곳에서 혼자서 내면의 깊은 신명이 부추겨 혼자 너울너울 춤을 춰본 경험이 있으신지요. 그 깊은 자유와 신명은 마치 세상 모든 것이 없어지고, 혹은 오직 나만을 위해 존재하는 것 같은 충만함을 안겨줍니다. 그러면서 모든 것이 몽땅 비워진 것 같은 텅 빔이 함께 공존하는, 말로는 표현하기 힘든 경지를 느끼게 해줍니다. 충만과 텅 빔이 함께 있는 그런 묘한 느낌이지요. 그런데 그 춤을 혼자가 아니라 여러 명이 함께 충만한 느낌으로 추게 된다면, 아 도저히 그것은 말로는 표현할 수 없겠네요.

성경에서 인간이 알몸을 부끄러워하게 된 것은 원죄를 범한 이후라고 합니다. 죄가 없으면 인간은 벗은 몸으로도 수치심을 느끼지 않나 봅니다. 죄가 없으니 감출 것이 없고, 자신의 알몸은 자신을 있는 그대로

앙리 마티스(Henri Matisse), 〈Dance〉, 1910, 러시아 에르미타주박물관 소장

보여주는 것이 되지요. 또한 남녀 상호 간의 비정상적 성적 호기심도 전혀 보이지 않습니다. 그렇다고 서로에게 무관심한 것도 아닙니다. 서로 손을 잡고 하나의 원을 그리고 있으니까요.

옷을 벗으니 그의 신분, 학력, 외모, 가족사 등 모든 것이 중요하지 않게 됩니다. 화가는 남녀, 능력의 차이, 외모의 차이 등에 제한되지 않는 인간, 있는 그대로의 인간에 대한 꿈을 꾸었나 봅니다. 그리고 그런 인간들의 자유와 일치, 화합 이런 것들이 화면에서 스며 나옵니다.

또 한 가지 놀라운 점은 이들이 서로를 바라보지도 않는다는 사실입니다. 아예 눈을 감은 채 서로를 보지 않을 뿐 아니라, 주위도 둘러보지 않는데, 너울너울 하나의 춤, 무념무상의 춤을 추고 있습니다. 이들은 각자의 내면에 하나의 선율, 하나의 마음, 하나의 정신을 품었으리라고 짐작합니다.

이렇게 보면 자유란 나 홀로 누리는 가벼움이 아니라, 한 공동체, 한 인간사회 안에 인간 서로가 함께 누리는 영의 일치가 아닐까요? 물론 개인 각자가 몸의 자유, 마음의 자유, 영의 자유를 누리지 못한다면 공동체 안에서 자유의 흐름은 생겨날 수 없습니다. 그런 의미에서 이 그림은 각자의 다름은 잘 표현되었다고 볼 수는 없겠습니다. 하지만 어떤 예술도 하나의 작품이 모든 진리를 표현할 수는 없겠지요.

이 일치는 인간적 노력을 무시하지 않지만, 단순히 그 노력의 결과가 아니라 함께 한 곳을 바라봄으로써만 가능해집니다. 일치는 각 개인의 진정한 자유와 뗄 수 없는 관계에 있습니다. 이 그림에서 서로 바라보지 않고도 하나의 선율에 맞춰 하나의 춤을 추는 모습이 이것을 잘 표현해줍니다. 참으로 자유를 누리려면 이웃과 공동체, 세상과 일치해야 하지만 이 일치를 타자에게서 찾는 이들은 언젠가 무참한 실패를 맛볼 뿐입니다. 일치의 근원은 결코 인간에게서 나올 수 없기 때문입니다.

돌기둥을 짊어진 여인

우람하지도 않은 아담한 크기의 한 중년 여인이 떠받치는 것은 고대 건물의 돌기둥입니다. 분위기로 봐서는 기둥 정도가 아니라 성당 건물 전체라도 어영차 지고 일어설 듯 힘 하나 들지 않는 표정입니다. 사실 저 기둥을 받치는 것은 성당 건물 전체를 받치는 것이나 다름없긴 합니다. 발상이 참 귀엽다고 해야 할지 정말 유쾌한 조각입니다. 보노라면 영차 절로 힘이 생겨납니다.

그런데 이렇게만 이야기하고 끝낼 수 없는 어떤 경지가 느껴집니다. 온 힘을 다해 허리를 짚고 구부려 뻗어 올리고자 하는 다리를 보면 이 여인 역시 이 짐이 가볍지만은 않아 보입니다. 그럼에도 그녀의 표정에서는 '산다는 것이 뭐 대순 겨, 짐이란 게 그저 지면 되는 것이제!' 뭐 이런 것들이 느껴집니다. 그 정도가 아니라 평온하고도 따스하며 유머러스하기까지 한 저 표정은 등 위의 올려진 짐과 함께 마음속 깊은 곳에서 묘한 감동이 솟아나게 합니다. 저 표정에서는 짐짓 도사인 척하는 허풍이나 무게를 감당함에서 오는 지나친 경직, 위엄 같은 것은 찾아볼 수 없습니다. 마치 가벼운 보따리 하나 들어 올리듯, 늘 해야 할 일상의 일

독일 린다우 성당 돌기둥 부분, 13세기

을 하는 듯, 그것도 사랑하는 이들을 위해 기쁘고 자유롭게 일하는 한 시골 엄마의 모습입니다. 표정은 따스하되 위엄이 있고, 강인함이 느껴지되 부드러워 보는 이를 잡아당기는 힘이 있습니다.

짐이 무겁지 않은 것이 아니라 사랑으로 져야 할 짐을 질 때, 짐은 가벼워집니다. 소가 지는 멍에를 메고 있어도 그 멍에조차 수치로 여기지 않는 것이 사랑의 힘입니다. "내 멍에는 편하고 내 짐은 가볍다"라고 하신 예수의 말씀이 절로 떠오르는 그림입니다. 사실 멍에나 짐은 내려놓거나 벗어던지려 할수록 더 무겁게 느껴집니다. 실제 무게보다 마음이 느끼는 무게가 사람을 더 짓누르나 봅니다. 벗어나려고 용써서 벗을 수 있다면 백번 천번 용을 써보겠지만, 그것이 헛일이라는 것은 뭐 굳이 말할 필요도 없습니다. 제가 소속된 트라피스트회의 아버지라 할 수 있는 성 베네딕도는 같은 내용을 다른 말로 표현합니다. 그는 수도생활에 나아감에 따라 짐이 줄어드는 것이 아니라, 마음이 넓어져 같은 생활을 사랑의 감미로 달려가게 될 것이라고 했습니다. 짐을 진 사람이 달려간다는 것이지요. 그것도 사랑의 달콤함으로. 바로 이 여인에게서 느껴지는 모습입니다.

13세기 제작된 독일 란다우 성당의 기둥 받침대인데 조각가가 누구인지, 누구를 표상하는지도 알려지지 않았습니다. 교회를 상징하는 여인일 수도 있으며 성모님을 표현한 것이라고도 볼 수 있겠습니다만, 어찌 되었든 묵상해볼 만한 작품입니다. 부활을 체험하는 이의 삶도 저런 것이 아닐까요? 생전에는 제자들 앞에 가시던 예수님이 부활하시자 이제는 제자들의 꽁무니를 쫓아다니십니다. 부활하시자 그 모든 것들 훌훌 털고 영광에 찬 빛나는 모습으로 저 위에서 내려다보시지 않습니다.

예수님 마지막 만찬의 몸과 피도 잊고, 하느님 나라 선포의 사명도 깨끗이 잊고 생계를 꾸리겠노라며 고기잡이에 나선 제자들, 여전히 헛고생만 하는 제자들을 위해 숯불을 피우고 빵과 고기를 올려놓습니다. 두려움과 의문에 찬 제자들 앞에서 생선까지 잡수십니다. 허겁지겁 모여온 제자들 앞에 예수님의 표정은 어떠했을까요? 모르긴 해도 예수님의 모습은 살아생전보다 더 강렬하게 제자들의 마음 안에 새겨지기 시작했으리라고 짐작합니다. 더욱이 성령을 받자 두려움에 떨던 이 제자들은 180도로 변하여 어떤 위협과 난관 앞에서도 예수님과 그 복음을 선포하는 사람들이 됩니다. 그들의 마음 안에는 이 사랑에 찬 분의 모습과 그분의 생명이 펄펄 뛰고 있었습니다. 이들에게도 자신들을 잡아 죽이려는 유대인이나 로마 군인들이 짐이 아닐 수 없었을 것입니다. 그러나 성령의 기쁨은 죽음의 짐조차 가볍게 만든 것이지요.

이 여인의 얼굴에도 그런 생명이 뛰고 있습니다. 온전한 죽음과 부활을 체험한 이의 얼굴입니다. 삶의 고난이 결코 손상할 수 없는 생명이 빚은 얼굴, 죽음과 부활의 얼굴입니다.

부활하신 분을 믿는 이들

그들의 상징은 십자가라네

부활한 분은

십자가에 달리신 분

십자가에 달리신 분은

부활하신 분

-「죽음과 부활의 얼굴」 전문

이카로스 뒤집기

이카로스는 그리스 신화에서, 누구도 빠져나올 수 없게 정교하게 만들어진 그 유명한 미노스 왕의 미로를 만든 다이달로스의 아들입니다. 다이달로스는 나중에 왕의 미움을 받아 아들과 함께 자신이 만든 미로에 갇히게 되지요. 그리고 빠져나가기 위해 정교한 솜씨로 새 깃털을 모아 밀랍으로 아들에게 날개를 달아줍니다. 그리고는 결코 높이 올라가서는 안 된다는 충고와 함께 아들을 날려 보냅니다. 하지만 이카로스는 황홀한 태양을 향해 높이 높이 올라갔고 결국 뜨거운 열에 밀랍이 녹아내리면서 날개가 산산이 흩어져 바다에 떨어져 죽고 맙니다.

마티스는 말년에 시력이 손상되어 그림을 그릴 수 없게 되자 색종이로 오려 붙여 이 작품을 완성했습니다. 대충 그린 듯한 이 능청스러움! 대가의 말년이 아니고서는 나오지 않을 듯한 대작 중 하나입니다. 신체의 비율이 영 맞지 않는데도 이상하지 않고 날아오르는 듯, 떨어지는 듯 참 자유롭습니다. 화가가 사람이 추락할 때 머리부터 떨어진다는 사실을 모르고 저리 똑바로 그렸을 리는 없고 다분히 어떤 의도가 있을 것이 분명합니다. 이카로스 뒤집기를 하는지도 모르지요.

앙리 마티스(Henry Matisse), 〈Icarus〉, 1946, 조르주 퐁피두센터 소장

저 빨간 불. 뜨거움으로 몸부림치는 것은 아니지요. 불이 심장이 될 때 사람은 그 뜨거움을 거뜬히 받아낼 수 있으니까요. 이 불은 날개를 잃을 때만, 추락할 때만 사람의 한복판으로 들어오나 봅니다. 추락의 두려움으로 불을 밀어내지 않고, 자유의 날개일랑 미련 없이 버릴 때 타오르는 불이 있습니다. 이 불은 미련이 남아 차마 버리지 못하던 날개를 훨훨 털어버릴 때 인간 안에 타올라, 그 사람을 비상하게 해주는 불입니다. 인간은 새와 달리 날개가 없어야 비상할 수 있는 존재니까요.

불덩어리
안인지 밖인지
모르는 채
까만 어둠 속에 동그마니 떠 있네

뜨거운 불덩어리
하나씩 품고
감당할 수 없는 열기에
이리 뛰고 저리 뛰네

견디다 못해
아예 깊디깊은 곳으로 밀어버리곤
태연한 얼굴로 거리를 활보해도

가끔씩 치미는 열기에 소스라쳐 놀라지

더 위대한 열을 품겠노라
온갖 장비 갖추고
태양을 향해 돌진하건만
녹아내린 장비에 감싸여 멋지게 추락하네

불덩어리
찬연히 떠오르는 태양
날개 벗자
자신 안에 찬연히 떠오르네

자신을 태우는 불덩어리
자신을 살리는 힘
서로를 향해 치받는
두 갈래 격류 아니라네

내면 창공에 태양 솟아오를 때
하늘 위 높이 날아갈 필요 없지
날개 필요 없지
인간은 날개 없어야 날 수 있으니

마티스처럼 이카로스의 추락마저 뒤엎을 수 있는 불이 내면에 타오를 때 추락과 상승, 자유와 얽매임은 서로 배척하지 않으며 이 둘 사이는 자유롭게 넘나들 수 있는 영역이 됩니다. 미로든 대로든 종이든 자유인이든 추하든 곱든 추락이든 상승이든 중요하지 않은 영역, 내면의 불만이 참된 열정으로 타오르는 영역이 열립니다.

우유 따르는 여인, 경건한 노동의 힘

빛은 가득하고, 정적도 가득한 그림, 창을 통해 들어온 빛과 함께 여인과 사물 하나하나가 그대로 멈추어버린 듯합니다. 우유 따르는 장면 하나에 이렇게 정성을 들인 화가의 마음속으로 여행을 떠나보고 싶게 만드네요. 요하네스 페르메이르(Johannes Jan Vermeer, 1632~1675)가 그린 대부분 그림은 일상의 평범한 것을 소재로 하고 대상도 낮은 신분의 서민들입니다. 소재나 대상은 평범하지만 거기서 나온 작품은 비범하지요.

그림 저편 창문 하나가 깨진 것이 눈에 들어옵니다. 그 깨진 창문으로 빛이 더 선명하게 쏟아져 들어오며 깨진 창문도 한 역할을 합니다. 그리고 벽에는 여러 군데 박힌 못과 못을 뺀 자국들도 한자리를 차지합니다. 숫자가 그리 많지 않은 소품 하나하나가 마치 연극 속 등장인물 같은 느낌을 줍니다. 특히 빵은 정말 정성 들여 그렸습니다. 아직 자르지 않은 빵과 이미 잘린 단면이 보이는 빵은 거친 호밀빵이지만 잘 빚어 모양새가 아주 참합니다. 벽에 걸린 바구니와 생활 용기, 바닥의 작은 난로, 테이블 앞쪽에 약간 낡고 살짝 빛바랜 천 하나가 슬쩍 걸쳐 있습니다. 그중 도자기로 된 용기는 이 여인의 품위와 미적 취미가 어느

페르메이르(Johannes Vermeer), 〈The Milkmaid〉, 1660, 암스테르담 국립미술관 소장

정도인지 짐작하게 해줍니다. 여분의 것 없이, 장식품 하나 없이 가장 필요한 것들만 구비된 서민 집의 단순한 아름다움이 화려한 궁궐 못지않음은 바로 이곳에 사는 사람들의 내면을 읽히게 하기 때문입니다. 물론 이 정경도 그 자체로 아름답습니다.

그리고 이 그림의 여인보다 더 주인공 같은 우유가 흐르는 장면은 모든 게 멈춘 상황에서 우유 흐르는 소리가 또르르 들릴 것 같지 않나요. 여인이 우유를 따르는 장면도 마치 무슨 의식을 치르듯 경건함마저 느껴집니다. 실제 이 여인이 우유를 이렇게 따랐다 하더라도 그것을 포착해낸 화가의 눈도 참 대단합니다. 이런 것들에 대한 아름다움의 감각이 없는 사람이라면 그냥 지나치고 말았을 삶의 한 컷일 따름입니다.

여인의 탄탄한 몸은 호리호리하지 않을 뿐만 아니라 운동선수인 양 다부져 몸에 군살이라곤 보이지 않습니다. 분명히 노동으로 단련된 몸임이 틀림없지만, 험한 노동에 신세타령 쏟아지는 여인네가 아니라, 그 단련으로 영혼이 오히려 맑아진 사람 하나를 페르메이르는 우리 앞에 세워놓습니다. 걷어 올린 팔뚝의 흰색과 햇빛에 그을린 얼굴의 짙은 색이 묘한 대비를 이루며 여인이 바깥 농장일도 거뜬히 해냈음을 짐작하게 해줍니다. 옷차림 역시 화려하지는 않지만 품위가 있고 노란색과 파란색의 조화가 평범하지 않습니다. 바느질 솜씨 역시 비단으로 옷을 짓는 것과는 분명 다른 소박한 방법이지만, 그렇다고 함부로 마구 만들지도 않았습니다. 요즘이라면 오히려 사람들이 더 선호할 수도 있는 자연스러운 멋이 흐릅니다.

이 여인에게 노동의 결실로 얻은 양식, 가족을 먹여 살리는 양식을 준비하는 일은 제단 위의 미사 제의와 마찬가지로 경건한 일인가 봅니다. 우유 역시 자신이 기른 젖소에게서 자신이 짠 것임을 짐작하게 합니다. 페르메이르는 귀족 집안 여인들의 화려하고 곱고 지적인 모습에는 별 관심이 없고, 서민들 안에서 독특한 이미지를 풍기는 여인들을 그렸습니다. 대상을 찾아내는 데 탁월한 심미안을 지닌 화가입니다. 그 가운데서도 이 우유 따르는 여인이 가장 삶의 냄새를 진하게 풍깁니다. 스냅사진처럼 정적인 한순간을 포착하되, 어느 것 하나 소홀히 하지 않으면서도 전체가 조화를 이루며 풍기는 멋이 보통이 아닙니다. 저 여인이 따라주는 우유 한 잔 마시고 싶어지네요.

여성만이 그릴 수 있는 사랑스러운 그림

유쾌함이 가득 흐르는 화면 앞에 머무르고 싶게 합니다. 동네 이웃인지, 친척인지 알 수 없지만 4명이 모여 카드 게임을 합니다. 남녀 각각 2명씩 서로의 관계 역학도 궁금하게 합니다. 여기서 주인공은 단연 환한 빛에 옷 색깔도 선명한 여인입니다. 웃음이 참 보기 좋은 여인으로 남녀 모두에게 호감을 주는 타입인가 봅니다. 이 여인이 게임에서 진 것처럼 보이지만, 그렇지 않더라도 모두의 관심은 이 여인에게 쏠려 있습니다. 여인과 아주 친밀한 관계인 듯한 오른쪽 남성은 가볍게 여인의 어깨 위에 팔꿈치를 올리고 있어 연인 사이인가 싶지만, 아닐 수도 있겠다 싶습니다. 앞에 결정적인 패를 내민 남성 역시 이 여인에 대한 관심이 만만치 않습니다. 여인을 이기겠다기보다는 여인의 관심을 끌고 싶은 마음이 역력히 드러납니다.

저 깊은 곳에 앉은 여인은 두 남성으로부터 아무런 관심도 받지 않은 상황으로, 관계 역학 구도 면에서 질투로 일그러질 수도 있는데 그렇지 않습니다. 옷차림새나 생김새가 앞에 주인공 같은 여인보다 수수해 보이고 나이도 살짝 더 들어 보이기는 합니다. 두 남성은 이 여인에게는

쥬디스 레이스테르(Judith Jans Leyster), 〈A Game of Cards〉, 1633, 루앙시립미술관 소장

아예 눈길도 주지 않지만 그다지 개의치 않는 모습입니다. 이런 상황이 라면 몹시 긴장된 분위기여야 하거늘 이 그림 속 사람들이 빚어내는 모습은 그렇지 않고 유쾌함이 흐릅니다. 아마도 평소에 앞의 여인이 뒤 여인에게 보여준 평범한 행동이 이런 상황에서도 질투의 늪으로 빠지지 않게 하는 면도 있겠고, 뒤의 여인 역시 심성이 퍽 건강해 보입니다. 아니면 조금 나이 든 여인이 두 남성이 만들었을 이 판에서 중심을 잡아 주는 역할을 하는지도 모르겠습니다.

여인의 붉은 의상은 짙은 청색의 치마 덕분에 지나친 화려함으로 흐르지 않고 명랑한 분위기를 만들어줄 뿐 아니라, 재치 있고 에너지가 넘쳐 흐르게 보입니다. 손을 활짝 펼쳐 보이는 동작이 다 이긴 줄 알았는데 어이없이 져버린 상황임을 짐작하게 해주는데, 아무리 도박판이 아닌 심심풀이 게임일지라도 이렇게 지면 보통은 좀 거칠게 나오는 법이죠. 그러나 여인의 표정은 오히려 사랑스러움이 가득합니다. 도박판에서는 평소 실력이 나오는 법이라 하지 않나요? 여인은 저버린 상황에서마저 사랑스러워 보입니다.

쥬디스 레이스테르(Judith Jans Leyster, 1609~1660) 특유의 극적인 스냅 신이 아주 재미있게 표현된 작품으로, 여성의 섬세한 관찰력과 관계에 중점을 둔 그녀의 관심 방향이 아주 잘 드러납니다. 여성이 아니면 그릴 수 없는 이렇게 사랑스러운 작품이 수백 년이나 프란스 할스의 작품으로 통용되었으니, 할스 역시 자신의 의도와는 다르게 흘러온 이 상황이 참 난감했을 듯합니다.

가난한 '일요일의 화가'의 꿈

티치아노나 반다이크 같은 화가들은 그 시대를 풍미했고 왕의 총애와 귀족의 보살핌이 일평생 따랐던, 그야말로 성공한 화가들이었습니다. 반면에 렘브란트나 고흐는 살아생전 가난하고 인정받지 못했으며 참 비참한 말로를 맞았지만, 이제는 시대를 초월하는 화가로 경탄의 대상입니다. 그 시대에 갇힌 화가와 그 시대를 뛰어넘는 화가를 구분 짓는 것은 아마도 붓질의 실력도 있겠지만, 그보다는 그의 정신성입니다. 고흐의 여러 작품 특히 〈까마귀가 나는 밀밭〉이나 〈낡은 구두〉 같은 경우는 비평가 사이에서도 정반대의 평을 내놓을 정도로 그의 정신세계의 폭이 깊고 넓어 가늠하기가 쉽지 않습니다. 그러나 위에서 말한 두 화가의 작품은 분명 아름답지만 깊게 해석할 만한 그림들은 아닙니다.

앙리 루소(Henri Rousseau, 1844~1910)는 어떤 면에서 조금은 고흐나 렘브란트를 닮았습니다. 그는 가난한 세관원이었고, 정식 미술교육을 단 한 번도 받은 적이 없습니다. 직장을 그만둘 수 없어 쉬는 날인 일요일에만 그림을 그려 '일요일의 화가'라는 명예로운 별명을 얻었습니다. 말

앙리 루소(Henri Rousseau), 〈The Sleeping Gypsy〉, 1897, 뉴욕 현대미술관 소장

단 세관원으로 일하다 49세가 되어서야 전업 화가가 되었고, '초현실주의의 아버지'라는 칭호는 사후에야 받았지요.

루소의 고향 프랑스 라발시 문서보관소에는 루소가 시장에게 보낸 편지가 아직 남아 있는데 다음과 같은 내용입니다. "제가 그린 그림 한 점을 추천하오니 부디 고향에서 구매해 소장하면 좋겠습니다." 물론 이 제안은 받아들여지지 않았고, 그 그림이 바로 여기서 함께 보고자 하는 〈잠자는 집시〉입니다.

초현실주의라 불리는 만큼 그의 그림들은 현실에서는 마주하지 못할 것만 같은 모습이 마치 꿈속처럼 보이기도 합니다. 이 그림에서도 누구 하나 보아주는 이 없는 사막 한복판에서 만돌린을 켜다 지쳐 곤히 잠든 집시가 있다는 것부터 현실과는 거리가 있지요. 그러나 정신세계에서는 얼마든지 현실이 될 수 있습니다. 잠들어 있는 집시의 미소가 아름답습니다. 사막이라는 척박한 환경이나 맹수 따위는 전혀 신경 쓰지 않는 세상, 더없이 평화로운 잠입니다. 집시 여인이 지팡이를 짚었는데 그 지팡이 끝이 뭉툭하고 편편한 것을 보면 호신용이 아니라 눈이 안 보여 짚고 다니는 지팡이가 아닐지 하는 짐작이 들기도 합니다. 그 지팡이가 마치 보물이라도 되는 양 잠을 자면서도 슬그머니 손에 쥐었습니다.

그런데 그 옆을 사자가 지나갑니다. 맹수다운 사나움은 조금도 장착하지 않은 큰 강아지 같은 사자가 지나가는데, 마치 곤히 잠든 집시를 깨울세라 곁눈질하며 조심조심 지나가는 것 같지는 않은지요. 이 장면은 구약 이사야 예언자의 늑대와 염소가 함께 뒹굴고 사자가 소의 여물을 먹으며 어린아이가 독사굴에 손을 넣는다는 장면을 떠오르게 합니다. 루소가 꿈꾸던 세상은 그저 꿈속에 머물지 않고 현실이 되어 우리 눈앞에 펼쳐집니다.

여기에 더해 저 멀리 희미하게 보이는 사막의 모래 언덕들은 능선이 부드럽고 유연하여 마치 대지의 어머니 같은 느낌마저 듭니다. 모든 것이 부드럽고 온화하고 따뜻합니다. 그렇다고 긴장감이 없는 것도 아닙니다. 온화함과 긴장감을 동시에 불러일으키며 다가오는 의미가 만만치 않습니다. 그리고 이 모든 상황을 강렬한 햇빛이 아닌 부드러운 달빛이 고요히 비치고 있습니다.

가난했고 사회적 인정도 받지 못한 화가가 지닌 세계상이 그지없이 높고 맑습니다. 아니 가난했기에 품을 수 있는 꿈이었으리라 보입니다. 모든 것을 가진 사람, 명예도 인정도 부도 연인도 모든 것을 지닌 이가 이 세상에서는 아직 실현되지 않은 그런 세상을 온 존재를 걸고 찾는 일은 불가능하지는 않지만, 흔히 있는 일은 아닙니다. 앙리 루소의 꿈의 세상은 세상에서 아직 실현되지 않았다는 의미에서 초현실이라 할 수밖에 없는지 모릅니다. 잠에서 깨어난 집시가 사자의 뒤를 따라가고 사자는 앞 못 보는 집시가 따라오도록 뒤를 흘끔거리며 속도를 조절하는 모습이 달빛 여위고 새벽 여명이 밝아오는 장면 속에 떠오릅니다.

낮고 작은 생명의 자리

〈울고 있는 노인〉이라는 제목의 고흐(Vincent van Gogh, 1853~1890) 그림입니다. 제목이 없더라도 이 그림은 보는 사람의 마음을 쥐어짜는 진한 아픔을 느끼게 합니다. 생의 마지막 순간이 다가오는 노인, 남은 것, 곁에 남은 사람 하나 없이 혹은 버림받고 요양시설에서 타인의 도움으로 연명하는 한 노인의 절절한 울음이 그림에서 배어 나오는 듯합니다. 깡마른 몸에서 이제는 울래야 눈물마저 말라버려 그저 온몸을 웅크리는 듯한 느낌이 가슴을 후비며 들어옵니다. 인간의 가난과 고독 그 깊이에 가닿아 그 사람의 마음과 하나 된 화가 고흐의 마음도 함께 전해져 옵니다. 사람의 고통에 깊이 공감하는 힘, 그의 고통이 나의 고통이 되어버린 이의 시선 앞에 우리는 서 있습니다.

그런데 아주 똑같아 보이는 두 그림인데 하나는 흑백이고, 하나는 채색되어 있습니다. 흑백 그림이 먼저 그려진 것이고 같은 그림을 나중에 다시 한번 더 그리면서 채색합니다. 어떤 이유에서였을까요?

상처 입은 노인, 아니 유일하게 상처만이 남은 노인의 모습에 깊은 아픔을 느꼈던 고흐가 이제는 그 아픔을 느끼지 않게 되었던 것일까요?

그렇지는 않은 것 같습니다. 노인의 처절한 울음이 배어나는 자세나 깡마른 몸매 등 전체 그림은 거의 변화 없이 똑같습니다. 색깔을 입혔고 아주 살짝 바뀐 부분이 있는데 그 변화가 절묘합니다. 가장 먼저 눈에 띄는 것은 의자의 노란색입니다. 고흐에게서 노란색은 생명의 약동을 뜻합니다. 그의 해바라기 그림이 쉽게 떠오를 것입니다.

고흐는 노인의 옷 색깔을 살짝 파란색을, 그가 앉은 의자에는 노란색을 입혔습니다. 의자도 딱딱한 나무 의자에서 그래도 제법 편해 보이는 것으로 바뀌었습니다. 노인이 앉은 자리, 그 가난하고 어둡고 부서진 자리가 바로 예수님이 오신 자리라고 보지 않았을까요? 상처는 여전히 상처입니다. 고통은 여전히 고통입니다. 그의 자세가 여전히 그대로이듯 삶의 조건은 변하지 않았습니다. 그러나 이 낮고 부서진 자리가 아니고서는 볼 수 없는 것이 있음을 고흐는 마음의 눈으로 보고 있습니다. 그래서 걸친 옷도 생명의 색인 파란색으로 바뀌

빈센트 반고흐(Vincent van Gogh), 〈Old Man in Sorrow〉, 1890, 크뢸러 뮐러 미술관 소장

었습니다. 〈별이 빛나는 밤〉에서처럼 짙은 파란 색은 아닐지라도 이미 파랗게 물들어간 생명의 힘을 그려냅니다. 삶의 조건이 그러하기에 오히려 볼 수 있는 것이 있음을 고흐는 발견했던 것입니다.

그리고 자세히 살펴보면 두 그림에서 노인 옆 벽난로 속 불꽃이 다르다는 사실을 알 수 있습니다. 먼저 그린 그림에는 벽난로 자체가 없는 반면, 나중 그린 것에는 불꽃이 활활 타오르지는 않지만 막 살아나는 따뜻한 벽난로가 있습니다. 추위를 녹일 만한 난로 하나 없던 그림에서 따뜻하게 데워줄 벽난로가 생긴 것은 분명 고흐가 의도적으로 바꾸어 그린 것으로밖에 볼 수 없습니다. 이것은 아마도 고흐의 마음속 타오르는 불꽃이었겠지요. 마음이 가난하고 비워진 사람에게만 타오르는 불꽃입니다. 그리고 이 불꽃은 세상에서 오는, 장작 없이는 꺼지고 마는 그런 불이 아니라, 내면에서 타오르는 꺼지지 않는 불꽃입니다.

고흐는 마침내 생명의 마지막을 향해가는 모든 것을 잃고, 상처 속에 우는 노인 안에서 그리스도의 생명과 불꽃을 발견한 것입니다. 예수의 상처로 상처가 치유되고 생명이 싹틉니다. 노인의 이야기이자 고흐 자신의 이야기입니다. 성경 장면을 창의적 해석 없이 반복해서 그리는 것에 심한 혐오감마저 느꼈던 고흐, 자신은 렘브란트처럼 성경화가가 될 수 없다던 고흐는 성경 속 장면을 그대로 그리지 않고도 성경의 정신, 예수의 정신을 멋지게 그려냅니다. 진정한 의미에서 성경화가입니다.

우물 속에 들어가면

대낮에도 별이 보인다네요

캄캄하고 낮은 곳

그런 자리여야 보이는 것들이 있답니다

이 진리 체득한 이들

낮고 작고 마음 부서진 이들

이들의 마음에는

늘 별빛이 반짝이는 것도 이유가 있었네요

희망이 없어야 비로소 빛나는

희망이 있으니까요

–「대낮의 별」 전문

방랑자라기보다는 마치 모든 것의 주인인 양

이 그림은 1818년 카스파르 다비드 프리드리히(Caspar David Friedrich, 1774~1840)의 〈안개 바다 위의 방랑자〉라는 제목의 그림입니다. 방랑자라는 제목이 선뜻 와닿지 않고 왠지 어색한 느낌이 들어 그림 앞에 머물게 되었습니다. 이 제목이 어울리지 않게 느껴진 이유는 다음과 같습니다. 우선 거친 파도를 연상케 하는 짙은 안개가 압도적으로 와닿습니다. 온통 시야를 가로막는 저 속, 몇 겹의 능선과 계곡이 신비롭게 겹쳐 사람의 접근을 허락하지 않는 듯 두려움이 느껴집니다. 거친 바위들이 불쑥불쑥 솟아, 나무들은 그 위에 간신히 서 있는데, 저 너머 안개에 반쯤 가린 산 또한 희미하지만 웅장한 모습이 느껴지게 합니다.

그런데 이런 위엄 서린 그림의 한복판에 한 인간이 떡 버티고 서 있습니다. 이 위엄 있는 자연보다 더 압도적인 모습으로 보는 이의 눈을 차지합니다. 자칫 파괴적일 수도 있는 이 웅장한 자연을 한 인간이 관조하거나 명상하는 모습은 아닙니다. 그의 자세를 보십시오. 왼쪽 손은 주머니에 찔러 넣은 듯한데, 등산해본 사람이라면 보통 사람들이 힘들게 산을 올라 정상에 설 때 저런 자세를 취하지는 않습니다. 하물며 저

카스파르 프리드리히(Caspar David Friedrich), 〈Wanderer above the Sea of Fog〉, 1818, 함부르크 미술관 소장

리 웅장한 자연경관에 압도당할 때 저렇게 손을 주머니에 넣지는 않습니다. 아무런 두려움도 없다는 듯 어깨를 활짝 펴고 고개를 당당히 세워 앞을 바라보고 아니 내려다봅니다. 그 표정이 어떨지 짐작해볼 수 있지 않겠는지요?

더욱이 화가가 이 경관의 한복판 그것도 중심에 인간을 두었다는 사실이 가장 강렬하게 느껴집니다. 동양화에서는 결코 나올 수 없는 그림이지요. 이 그림에서 인간은 결코 자연의 한 부분이 아니라 자연을 관장하고 지배하며 심지어 통제하고 변화시킬 수도 있는 주체로 나타납니다. 인간이 자연의 주인입니다. 주인이기에 자신이 뜻하는 대로 바꾼다고 한들 별문제가 되지 않지요. 이러한 사상은 계몽주의 이래로 인간의 이성을 절대시하는 풍조가 현대인의 정신을 지배하게 되고, 하느님마저 이성으로 파악할 수 있는 분으로, 더 나아가서는 하느님의 부재로 이어져왔습니다. 바로 그 사고가 떡하니 제 앞에 버티는 듯한 느낌으로 이어졌습니다.

우리 현대인들은 빛나는 이성의 힘으로 지난 20세기 100년 동안 그 이전 수천 년간 이룩했던 발전의 몇백 배를 이루었다고 합니다. 가히 위대한 일입니다. 이렇게 기술의 발달로 뱃속에 잉태된 자신의 생명마저 함부로 죽이고, 수천만 년 생성되어온 강줄기도 함부로 파헤치고, 발전을 위해서는 열대 밀림도 시베리아 숲도 마구 베어버려 지구는 몸살을 앓고, 무기를 팔기 위해서 일부러 적을 만들고, 발달한 문명을 누리느라 생성된 쓰레기는 처치 곤란해져 가난한 나라로 팔아버리고, 오염으로 뜨거워진 지구의 기후는 하루가 다르게 바뀌었습니다만, 여기에 제동을 걸 수 있는 방법을 기술도 문명도 과학도 아직은 발견하지 못했습니다.

핵발전소, 핵 쓰레기, 전 세계를 파괴하고도 남을 핵폭탄은 또 누가 감당할 수 있겠습니까! 가장 발전된 문명 속에 살아가는 현대만큼 인류의 멸망을 걱정해야 하는 가장 큰 위험을 안고 살아간 시대는 없었습니다. 그럼에도 아직 우리는 인간의 한계를 제대로 깨닫지 못했습니다. 심지어 개인 삶의 종말인 죽음조차 과거 사람들에 비해 제대로 준비하거나 받아들이지 못합니다. 가족은 해체되고, 세상과 사람에 대한 심각한 불신으로 정신병은 이제 감기를 앓는 일만큼이나 흔해졌습니다.

인간의 고귀함이 자연 위에 우뚝 서서 마음대로 통치하고 지배하는 것일까요? 생명의 소중함이 과학의 발전만으로 지켜낼 수 있을까요? 인간의 참 행복이 물질이 풍족하다 하여 얻어지는가요? 참된 자유가 우주를 여행한다고 해서 누릴 수 있는 것일까요? 하느님 없는 이성, 인간의 힘으로 가능한 발전의 끝이 이제는 보이지 않나요? 이제 우리는 사막의 수도자들처럼 "우리가 무엇을 해야 구원을 얻을 수 있을까요?"라고 물을 때가 되지 않았는지요? 역설적인 의미에서 〈안개 바다 위의 방랑자〉라는 제목은 잘 맞는 듯합니다.

죽음의 사신은 늘 눈앞에

15세기 얀 프로보스트(Jan Provost, 1465~1529)의 〈구두쇠와 죽음〉이라는 그림입니다. 왼쪽 고리대금업자가 손으로 장부를 가리키며 돈이 모자란다고 따지나 봅니다. 얼핏 상상 속 고리대금업자가 지닐 만한 독하거나 험한 모습이 아닙니다. 사납기는커녕 무심한 듯 표정이 전혀 담기지 않은 무덤덤함이 처음에는 오히려 사람 좋게 보이게 하는데, 그림을 자세히 보면 이것이 오히려 더 섬찟하게 느껴지게 합니다. 상대의 형편이 죽을 만큼의 상황이든 말든 어떤 요동도 보이지 않을 바위 같은 차가움이 쓱 다가옵니다.

오른쪽 사람은 젊은 가장인 듯한데 얼굴에 근심이 가득합니다. 돈을 갚지 못할 때 일어날 온갖 일이 그의 속을 마구 긁어놓는 듯 양미간을 잔뜩 찌푸립니다. 굶주림, 추위, 집에서 쫓겨남, 어린아이들의 배고파 보채는 소리가 벌써 귀에 쟁쟁할지도 모르겠습니다. 어쨌든 그는 손가락을 높이 치켜들고 우선 이 정도로 봐달라고 온 힘을 다해 사정해봅니다.

하지만 고리대금업자에게 그의 말이 도무지 먹혀들어 갈 것 같지는 않습니다. 고리대금업자 뒤 선반에는 저당잡힌 물건이 자리를 잡았고,

얀 프로보스트(Jan Provost), 〈Death and Miser〉, 15세기, 벨기에 그뢰닝게 미술관

그의 팔 밑에는 이자를 두둑이 보탠 돈자루들이 채권증서와 함께 깔려 있습니다. 아마도 돈자루 하나마다 이 젊은이와 같은, 아니면 더 비참한 사연이 담겨 있겠지요. 그에게는 이 젊은 사람도 돈자루 뒤에 가려 보이지 않는 듯합니다. 이상하게도 이 구두쇠의 눈길은 젊은이를 비켜 엉뚱한 곳을 바라보는데, 어찌 보면 무심한 듯, 아무 소리도 들리지 않는다는 듯 태평스러운 표정입니다. 이 구두쇠의 얼굴을 사악하게 묘사하지 않은 것이 처음에는 조금 이상했는데, 그림을 자꾸 보다 보니 15세기 화가가 보는 것이 어쩌면 20세기 현대와 그리도 같은지 새삼 놀라게 됩니다.

사람의 생명마저 앗을 수 있는 부조리가 있는 곳에 진을 친 사람들은 자신들이 잘못되었다는 생각을 절대 하지 않는다는 것입니다. 복음서에서 예수님이 부자와 라자로에 관해 이야기할 때의 상황도 이와 똑같습니다. 부자는 나쁜 짓을 한 것이 아니라, 그저 눈과 귀를 막았을 뿐입니다. 날마다 잔치를 열고 맛있는 음식과 좋은 옷이 넘쳐나도, 문 앞에서 매일 보는 거지의 처량함이 전혀 그의 눈에 들어오지 않았지요. 이 구두쇠처럼 전혀 엉뚱한 곳을 바라봅니다. 나와는 아무 상관도 없다는 듯이……. 이 구두쇠의 특별할 것 없는 평범한 외모는 현대의 악의 구조 속에 있는 이들을 절로 생각나게 합니다. 자신들의 이익을 위해 수단과 방법을 가리지 않고 체계적, 조직적으로 노동자나 하청업자들에게 불리한 일을 저지르는 기업주들의 결코 악마스럽지 않은 평범한 얼굴이 절로 떠오를 수밖에 없지요.

구두쇠와 젊은이 사이에 어떤 존재, 죽음의 사신이 서 있습니다. 물론 이 두 사람의 눈에는 그 존재가 보이지 않습니다. 이것으로는 당신이 갚아야 할 것에 비하면 어림 반 푼어치도 안 된다고 무심한 듯 응답하는 그에게 죽음의 사신은 증서를 가리키며 "너의 생명에 대한 계산은 어찌 될 것 같으냐?"고 묻는 듯합니다. 모든 것이 명백해지는 날, 그날이 오기 전 이미 어떤 빛이 구두쇠와 죽음의 사신을 환히 너무도 환히 비춥니다.

이 빛은 창문을 통해 들어온 빛일 수는 없으니, 빛은 앞에서 오는데 창문은 그들 뒤에 있기 때문입니다. 이 빛은 생명을 주는 생명 자체이지만 이를 거절하는 이에게는 심판이 될 수밖에 없는 빛이기도 합니다. 그는 자신의 생명이 거두어지는 죽음의 순간 앞에서도 돈 계산에만 몰두해 있습니다. 알몸으로 와서 알몸으로 돌아가야 하건만 그는 알몸이 될 수 없습니다. 아마 죽음이 왔음을 알아채는 순간에도 그는 자신의 손에서 보물을 놓을 수 없을 것입니다. 악이 평범하듯, 죽음도 평범하게 옵니다. 두 평범 사이, 줄다리기 포기하고 한쪽만을 잡은 그는, 죽자 살자 달려온 인생의 마지막 순간, 자신이 잡은 것의 끝자락에서 추락할 수밖에 없을지 모릅니다. 마지막 순간에라도 그가 다른 한쪽을 잡을 수 있기를…….

스러져가는 억새의 노래

혹시 앞서 보신 다비드 프리드리히의 〈안개 바다 위의 방랑자〉와 이 그림이 겹쳐 보이지는 않으십니까. 프리드리히의 그림에는 첩첩으로 가로놓인 산봉우리가 있었고, 그 아래 험한 계곡을 거친 파도처럼 휘감는 안개가 있었고, 건너편 위태로이 놓인 바윗돌에 발을 올린 채 당당하게 선 남자가 있었습니다. 장엄하기 그지없는 자연, 그에 질세라 더욱 장엄함을 뽐내는 인간의 모습이었지요. 어디 당장 이룰 만한 것도, 무슨 별날 구석도 없는 우리네 빈 들판 풍경이 어떻게 그것과 비슷하냐고 질문할지 모르겠습니다. 하지만 가을걷이 끝나 황량한 농촌의 억새풀과 겨울 강이 내 가슴을 따스히 고동치게 합니다. 나는 저 들판에 서고 싶습니다.

이미 땅과 가까워진 억새 그늘에서 쪼그리고 앉은 작은 여자아이와 새소리에 귀 기울이는지 무엇인가에 집중하는 강아지는 자세히 보지 않으면 누런 대 사이에 묻혀 보이지 않을 지경입니다. 자연을 압도하는 인간의 모습, 혹은 장엄함에 두려움마저 느끼게 하는 자연의 웅장함, 이런 것 하나 없이도 멋진 그림이 완성되었습니다. 그림 자체로도 아름답지만 시각적 아름다움을 넘어 무엇인가 마음을 품어주고 그러면서도 깊이 다

김호원, 〈영산강 1〉 100×72.7cm, 1999

가오는, 무겁지 않지만 가볍지도 않은 그런 아름다움을 느끼게 해줍니다.

자연, 인간, 동물 이 셋이 전혀 따로 놀지 않습니다. 이 셋이 서로 품고 서로에게 기대고 그러면서도 각자는 자신의 자리를 차지하고 있습니다. 쳐내고 파헤치고 밀어낼 것이라곤 하나도 보이지 않습니다. 쓸데없으니 쓸어버리고 다른 좋은 것이 들어와야 할 필요가 없습니다. 생긴 그대로 자신의 자리가 있습니다. 생긴 그대로 아름답습니다.

오직 인간의 탐욕만을 목표로 모든 것에 질서를 매겨 자르고 파헤치고 없애버린 곳에는 찾아볼 수 없는 아름다움이 이 그림에는 담겨 있습니다. 사람이 자연 위에 우뚝 서 있지 않습니다. 사람과 자연은 이 푸른 지구별 위의 동료니까요. 만약 저 그림 한복판에 훌륭한 건축가의 멋진 시멘트 건물 한 채가 있다면 어떨까요? 그 안에 사는 사람이야 고요히 흐르는 강과 넉넉한 들녘 가운데 청정한 공기를 마시며 멋진 전원생활을 영위할지도 모릅니다. 하지만 저 들녘의 숨소리는 더 이상 들리지 않을 것이며, 귀 밝은 이에게는 오히려 아파 우는 들녘의 울음소리마저 들릴 것입니다.

더구나 저 들녘을 깨끗이 밀어내고 아파트와 집들, 상가가 들어선다면 지금 우리를 감싸주는 평화 가득한 고즈넉함은 결코 얻을 수 없게 되고 맙니다. 저 아름다움을 발전이라는 목표를 위해 얼마나 많이 넘겨주었나요? 앞으로도 계속 넘겨줄 것인가요? 이제는 저 들녘의 숨소리, 우리 가슴속에 짓눌린 소리에 귀를 기울여야 할 때가 온 것 같습니다. 우리 마음 깊은 곳 저 들녘처럼 따뜻하고 고즈넉한 자리, 우리가 잃어버린 자리를 이제는 찾아야 할 때가 되지 않았는지요? 저 강과 들녘의 넉넉함이 흐르는 곳에는 약한 사람도 장애를 지고 사는 사람도 함께 살아갈 수 있습니다. 시멘트 건물이 들어선 휘황찬란한 도시 풍경 안에서 발 디딜 자리조차 찾지 못한 이들도 여기서는 설 자리를 찾습니다.

저 억새처럼 한여름 태양 아래 그 강건함도 겨울바람 앞에 내려놓을 수 있는 여유가 이제 정말 필요한 때입니다. 사시사철 푸르고 싱싱한 야채를 내놓는 하우스에서는 저 스러져감의 여유로운 물결은 결코 찾아볼 수 없겠지요. 한시도 놀리지 않고 땅값을 내놓아야 하는 땅의 설움도 알아들어야 할 때가 왔습니다. 부드럽게 물결치는 저 내려놓음의 음악이 우리 마음에 물결치는 날, 이웃집 담 너머 먹을거리 나눠 먹던 그 정겨움이 샛강의 졸졸거림처럼 흐르는 날, 이웃의 아픔에 내 마음을 보태 저 강물처럼 도도히 흐르는 날을 절로 꿈꾸게 하는 그림입니다.

한 사람 여기, '자기 잊음'과 '자기 비움' 사이

이런 작품을 낳을 수 있는 작가 에른스트 바를라흐(Ernst Barlach, 1870~1930)의 마음은 어떤 것인지 생각해보는 것만으로도 마음이 그득해짐을 느낍니다. 금방이라도 몸을 일렁거리며 낮은 노랫가락이 흘러나올 것 같습니다. 실제 저 자세를 취해보면 마음이 한껏 가라앉으면서 눈이 감깁니다. 이 조각상의 모습은 어떤 해석이나 분석에 앞서 마치 허락받을 필요도 없다는 양 그냥 사람 안으로 슥 들어와버립니다. 그러면 삶 안의 다른 것은 뒤로 사라지고 그곳에 있는 자신마저도 잊어버리고 함께 알 수 없는 노래를 흥얼거리게 됩니다.

자신마저 잊으면 어떻게 되는 될까요? 자신을 잊어도 될까요? 잊을 수나 있는 것일까요? 한마디로 표현하자면 자신을 잊어야 참 자신이 될 수 있습니다. 늘 자신을 의식하는 것은 건강하지 않다는 하나의 표지입니다. 누군가를 사랑할 때, 아기를 바라볼 때, 악기나 성악을 하는 사람들이 절정에 달할 때를 생각해보십시오. 자신을 전혀 의식하지 않고도 가장 자신다운 모습으로 자신이 아닌 상대에 집중하고 있습니다. 아니 오히려 자신을 잊었기에 생겨난 집중은 그 자체로 사람의 가장 깊은 내

에른스트 바를라흐(Ernst Barlach), 〈Singing Man〉, 1928, 함부르크 미술관 소장

면을 열어줍니다. 자신을 잊은 집중은 저 작품처럼 다른 이에게도 쉽게 들어갈 수 있습니다.

사람들은 이 자신을 잊은 집중이 가장 행복한 순간이요, 참 자신이 되는 순간이라는 것을 본능적으로 압니다. 그리하여 자기 잊음은 생략해버리고 값싼 집중만을 얻고자 온갖 중독에 빠집니다. 인간은 본래 이렇게 창조되었지만 스스로의 자유로 자신의 모습을 잃는 죄를 범하였지요. 그래서 가장 자신다워지는, 자신을 잊는 집중은 엄청난 노력으로도 쉽지 않게 되어버렸고, 그것이 무엇인지 감을 잡기도 어려운 것이 되었습니다. 그 감각 자체가 없어지지는 않았을지라도 너무 깊이 숨어 있어 그것을 일깨우는 수련이 필요합니다. 여러 종교 종파가 이 집중을 수행의 목표(그리스도교 수도생활은 조금 다릅니다만)로 삼는 것을 보더라도 인간이 얼마나 여기서 멀어졌는지 알게 해줍니다.

자기 잊음과 자기 비움은 결코 뗄 수 없는 관계입니다. 자신을 비우고 타인에게 내어놓지 못하는 사람이 어찌 자신을 잊을 수 있겠습니까? 채우고 또 채워도 모자라 더 긁어모으기를 온 인생 바쳐 찾는 사람이 어찌 자신을 잊을 수 있겠습니까? 비열한 방법으로 타인을 누르고라도 자신이 1등을 해야 하는 사람의 자아는 얼마나 굳어 있겠습니까?

사실 이 작품을 처음 접했을 때 이사야의 수난받는 야훼의 종이 저절로 떠올랐습니다. 그런 수난을 겪은 사람이 아니고서는 나올 수 없는 모습이라고 할까요. 그의 모습에는 왠지 삶이 철저히 무너진 어느 한구석이 있을 것 같습니다. 그러나 야훼의 종처럼 그는 침뱉음을 당해도 조롱과 배신 속에서도 분노와 증오로 활활 타올라 자신을 소진하지 않고, 자신을 잊고 그것을 허락하신 하느님의 뜻 속으로 깊이깊이 내려가는 사람인 것 같습니다. 그리하여 마침내는 엄마에게 온전히 자신을 내맡기는 아기처럼 인생이라는 품이 곧 하느님의 품이 된 사람의 모습을 보게 됩니다.

온전히 열린 자세, 자기 망각, 온전한 집중 이 세 가지가 하나가 된 하느님의 사람이 떠오릅니다. 자신의 고난과 수난에는 초연하다는 말이 어울리는 모습이면서 상한 갈대 같고 꺼져가는 등불 같은 백성과 이웃에게는 온 마음이 기울어지는, 자신일랑 온전히 잊은 한 사람이 떠오릅니다. 한없이 고요해 보이지만 저 고요함에서 일어서면 누구보다 삶의 한복판에서 바삐 움직일 그러한 사람, 가장 분주히 움직여도 저 고요의 한 자락은 반드시 끌고 가는 사람, 우리가 그리워하는 한 사람이 떠오릅니다.

한 사람 여기
고요함 그대로
세상 온갖 것에
사랑의 품인 듯 몸 맡긴 사람

한 사람 여기

절절함 그대로

군중의 성난 고함 한복판에서도

상한 갈대 그들을 한없이 연민하는 사람

한 사람 여기

천상의 선율 그대로

기쁨도 슬픔도

날마다 신선한 노래로 읊어 올리는 사람

하느님의 불

고야(Francisco Goya, 1746~1828)는 스페인의 유명한 궁정화가였습니다. 도금공의 아들로 태어난 그는 야심만만한 인물로 궁정화가가 되기 위해 온갖 노력을 다한 끝에 실제로 최고의 궁정화가가 됩니다. 그런데 40세가 되었을 때 앓은 병으로 그는 소리를 잃어버린 세계 속에 갇히고 맙니다. 소리를 잃게 되자 그에게는 또 다른 세계가 보이기 시작했습니다. 사람들이 들추고 싶어 하지 않는 세상, 추악하고 탐욕스럽고 폭력으로 일그러진 세상과 그에 못지않은 인간의 내면세계입니다. 그래서 그의 그림 중 궁정화가로서 그린 그림과 도저히 같은 화가가 그린 그림이라 보이지 않는 다른 종류의 그림들이 있습니다.

그는 '귀머거리의 집'이라 이름 붙인 집을 사서 그 벽들에 14점의 그림을 그렸는데, 이것을 후대 사람들은 '검은 그림'이라 불렀습니다. 그는 생전에 이 그림들을 꼭꼭 숨겨두고 세상에 내놓지 않았습니다. 한결같이 검은 톤에 어둡고 기괴하지만, 우리 존재와 세상의 부정할 수 없는 한 단면들을 너무도 생생하게 그려냅니다. 이 그림 중 〈아들을 잡아먹는 사투르누스〉라는 그림은 보는 순간 눈을 돌려버리고 싶을 정도입

프란시스코 고야(Francisco Goya), 〈The Third of May, 1808 in Madrid, 1808〉, 1814, 프라도 미술관 소장

니다. 그리스 신화에서 제우스의 아버지인 사투르누스는 자신이 잡아먹힐까 두려워 자식들을 낳는 족족 잡아먹지만, 제우스만은 그 어머니가 몰래 빼돌려 살아남았고, 나중에 자신의 아버지를 지옥으로 내쫓습니다. 고야가 보는 지옥의 한 장면 같은 끔찍한 현실이 나와는 상관없는 저 멀리 있는 세상의 이야기일까요?

실제로 고야가 살았던 세상은 프랑스 군대가 침입해 스페인을 지배했습니다. 압박에 시달리던 민중이 봉기했고, 그 결과는 이 그림에서 묘사된 대로 참담하기 그지없었습니다. 민중봉기가 실패로 끝나자 돌아온 것은 피의 보복이었습니다. 어느 시대, 어느 곳에서나 다 마찬가지지만 이럴 때 목숨을 걸고 싸우는 이들은 잘나고 잘살고 번듯한 사람들이 아니라 민중들입니다. 그들의 발아래에는 이미 사살된 이들이 피범벅이 되어 쓰러져 있고, 두 주먹을 불끈 쥐고 온몸을 굽힌 사람, 공포에 질려 눈에 흰자위만 남은 사람, 두 손으로 얼굴을 가린 사람 등 모두 두려움으로 온몸을 구부립니다.

그림 한복판에, 거무죽죽한 복장 가운데 유일하게 흰옷을 입은 이가 항복의 표시로 두 팔은 번쩍 쳐들었을지언정 온몸을 똑바로 펴고 자신을 쏘려 하는 이들을 정면으로 바라봅니다. 그 표정도 두려움보다는 항의 내지는 물음에 가깝습니다. 이 사람에게만 두려움 외의 다른 표정이 읽힙니다. 아니 다른 이들에게는 표정이란 것이 없고 온 존재가 두려움과 공포로 얼어붙어버렸습니다.

순교자들이 처했을 상황 역시 이와 그다지 다르지 않았을 것입니다.

오히려 고문이라는 더 끔찍한 수단까지 동원되어 인간 광기의 끝이 드러나는 현장에 있었을 것입니다. 캄캄한 어둠 속에 밝게 빛나는 저 흰 옷이 상징하듯, 그의 마음도 환히 빛나고 있음을 고야는 보지 않았을까요? 어둠을 직시하는 이의 마음에는 신적인 불이 붉게 타오를 수밖에 없습니다. 왜냐고요? 태양을 직시할 수 없듯, 인간의 눈은 어둠을 꿰뚫어 볼 수 없고, 오직 하느님의 불만이 약한 시력을 뚫고 그 어둠을 보게 해주기 때문입니다. 그리고 이 어둠을 넘어 어둠이 결코 이겨본 적 없는 하느님의 불이 자신 안에 타오르는 이들이 어느 시대, 어느 곳에서도 있었습니다. 이 불이 세상의 온갖 악의와 추악함이 들끓는 가운데서도 빛나는 곳, 그곳에 순교자들이 있습니다.

마음을 향불처럼 피어오르게 하는 유일한 것, 바로 사랑이 있기에, 악의 온갖 괴롭힘 앞에서도 추해지거나 폭력으로 맞서지 않음으로써 마지막 순간까지 그 불을 꺼트리지 않을 수 있었던 분들이 순교자들입니다. 풍전등화 같은 조국의 앞날에 몸을 던져 싸우다 이제 목숨을 잃을 처지에 있을지라도 어떤 이들은 속에 타오르는 이 불 덕분에 비굴함이 아니라 자신과 자신이 지키고자 하는 조국의 존엄함을 끝까지 보여주는 이들이 존재해왔음을 역사는 증명해왔습니다. 그분들의 삶과 사랑이 죽임을 당해도 씨앗으로 남아 고통과 암흑의 검은 땅을 뚫고 꽃이 피어나 진리와 사랑이라는 열매를 맺을 수 있었고, 수천 배의 수확을 일구어냅니다. 오늘 진리와 사랑 안에 살아가는 사람이 있다면, 오늘 그 깊고 깊은 어둠을 볼 수 있는 이 있다면 그는 이 씨앗의 열매일 것입니다.

아무도 기다리지 않았다

제목과 함께 그림만 보더라도 어떤 상황인지 짐작됩니다. 유형지에서 막 돌아온 혁명가의 저 눈빛은 그 거대한 제정 러시아를 무너트릴 수 있었던 러시아 농민과 인텔리겐차의 열망을 읽고도 남게 만듭니다. 우리네 독립운동가들의 가족 모습과도 겹치며 영상이 눈앞에 떠오르듯 선명하게 보입니다. 아마도 최소 10여 년의 유형 생활이었던 듯 깡마른 몸매, 움푹 팬 볼과 눈, 다 헤어져 거지와 다르지 않은 옷차림새 등 그가 겪었을 생활은 솔제니친, 도스토옙스키 그리고 러시아나 그 후 공산 소련 치하에 수용소에 있었던 사람들의 증언으로 그 실상이 꽤 알려졌습니다. 일제 강점기 독립군 가족이 겪었던 고초나 근현대에 와서도 빨치산이나 공산당에 가입했던 가족으로 인해 연좌제로 엮여 고통의 세월을 보냈던 사람들을 떠올린다면, 집안의 가장인 혁명가가 살아 돌아왔음에도 애매해 보이는 저 반응은 충분히 이해하고도 남습니다.

그는 수용소에서 오매불망 가족을 기다렸을 테지만, 가족은 삶의 고난과 위험 속에 기다림조차 사치인 세월을 살았을지 모릅니다. 그가 돌아오면 가족은 더 위험해질 수도 있습니다. 실제로 공산주의 혁명이

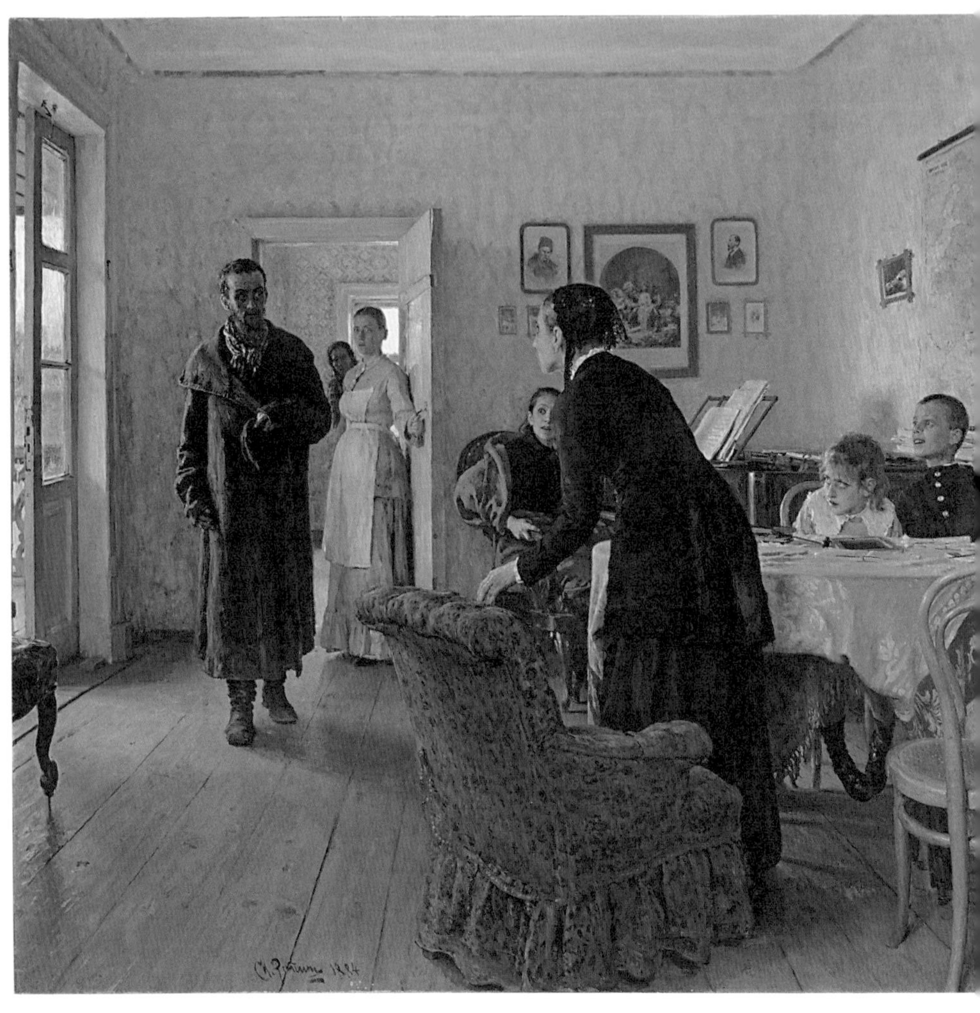

일리야 레핀(Ilya Yefimovich Repin), 〈No One Waited for Him〉, 1884~1888, 트레티야코프 미술관 소장

성공하는 1917년 이전 '인민의 의지당'이 주도한 민중봉기로 알렉산더 2세가 폭탄 폭발로 사망했음에도 그 혁명은 성공하지 못합니다. 그리고 무자비한 피의 숙청이 일어납니다. 이 과정에서 수많은 사람이 처형되거나 수용소로 보내집니다. 나라 전체에 무르익어가는 공산주의와 이를 막으려는 차르와 귀족 사이의 긴장이 팽배했던 삼엄한 분위기였습니다.

이제 그림 속으로 들어가봅시다. 우선 그림 속 흥미로운 배경부터 살펴봅시다. 벽에 걸린 저 초상화 액자 속 인물들이 궁금해집니다. 분명 저 혁명가나 가족 분위기와도 관계가 있을 듯합니다. 이 가족의 교육 수준과 정치 성향을 가늠할 수 있게 하는 요소들입니다. 이 초상화들은 소설가 니콜라이 네크라소프(Nikolai Alekseevich Nekrasov, 1821~1877)와 타라스 셰우첸코(Taras Grigor'evich Shevchenko, 1814~1861), 인민의 의지당에게 살해된 알렉산더 2세의 것입니다. 이들은 모두 인민의 의지당 혁명가들의 사명과 연관이 있는 인물들이지요. 네크라소프는 농노제하에 괴로운 삶을 사는 러시아 농민에게 깊은 애정을 지녔으며, 당대 러시아 사회를 풍자한 그의 시는 러시아 대중에게 큰 인기를 끌었습니다. 네크라소프의 시 가운데 "슬픔도 노여움도 없이 살아가는 자는 조국을 사랑하고 있지 않다"라는 구절은 유시민의 항소이유서에 인용되어 한국에서도 유명해졌습니다. 타라스 셰우첸코는 우크라이나의 농노 출신 화가이자 시인으로서, 러시아 제국의 지배를 받던 당시 반체제 인사로 몰려 유배당하고 그 후유증으로 일찍 사망했습니다.

이런 분위기 속에 가족들은 아이들에게 아버지의 혁명가로서 사명이나 자부심에 대해서, 심지어 유형생활에 대해서도 입을 뗄 수 없었을 것입니다. 자녀로 보이는 두 명의 아이 중 오빠로 보이는 남자아이의 얼굴에는 얼떨떨함 가운데서도 반가움이 묻어나는 표정이 읽히는데 아마도 아빠에 대한 기억이 남아 있나 봅니다. 그럼에도 일어서 아빠에게 다가가지는 않습니다. 하지만 딸아이는 듣도 보도 못한 낯선 남자로밖에 인식하지 못하는 눈치입니다. 아직 키가 작아 의자에 앉자 발이 땅에 닿지도 않습니다. "도대체 누구야? 이 심상치 않은 분위기는 또 뭐야?" 이런 눈빛입니다. 유형지로 떠난 후 태어나 아빠조차 이 아이의 존재를 알지 못할 수도 있습니다. 우리나라의 많은 독립운동가가 그러했듯이…….

그리고 하녀로 보이는 사람은 방에 들어오지도 않은 채 문고리를 잡고 무심함과 두려움 두 가지 감정이 섞인 눈빛을 보냅니다. 아마도 차림새로 이 사람의 신분과 이 집 가장임을 알아채지 않았을까요. 그리고 하녀 뒤의 사람은 인근의 이웃인 듯한데, 호기심 가득 몸을 기울이고 상황을 지켜봅니다. 가장 극적인 움직임을 보이는 인물은 혁명가의 어머니로 보이는 노인입니다. 엉거주춤 허리를 펴지 못하고 일어선 채 더는 움직이지도 못하고 놀라움을 온몸으로 표현합니다. 아마도 아들이 이미 이 세상 사람이 아니라고 여길지도 모릅니다.

피아노를 치다 뒤돌아 이 광경을 마주한 여인은 아마도 아내인 듯합니다. 속내를 알 수 없는 알쏭달쏭한 표정입니다. 남편에 대한 그리움이야 어찌 없었겠습니까마는 어쩌면 가족의 삶이 어찌 되든 내팽개친

남편이자 가장에 대한 원망이 컸을 수도 있겠지요. 그의 혁명을 향한 이상에 반대는 할 수 없었는지 모르나, 가족을 위해 포기하라고 설득했을 수도 있습니다. 극빈층도 부르주아 귀족 계급도 아닌 집안의 풍경으로 짐작건대 생계를 유지하기 위한 어려움도 있었을 것이며, 더 큰 어려움이 가족을 덮칠까 봐 긴장의 시간을 보낸 탓일 수도 있겠습니다.

이런 모든 감정을 품은 채 혁명가를 제외한 모든 등장인물은 '무궁화꽃이 피었습니다' 놀이를 하듯 동작이 멈춘 것 같습니다. 오직 혁명가만이 성큼성큼 집안으로 걸어들어오는 동작이 느껴집니다. 안광이 종이를 뚫을 듯한 형형한 눈빛도 온 집안을 훑을 듯합니다.

이 모습은 그가 앞으로 어떤 삶을 살지도 유추하게 해줍니다. 제정 러시아는 망해도 레닌을 잇는 스탈린 치하 소련은 제정 러시아 못지않은 분위기였지요. 이미 일리야 레핀이나 막심 고리키 등도 공산주의에 호감을 보이지 않습니다. 이 상황은 "그는 그리고 행복하게 살았다"라는 결론을 내리지 못하게 합니다. 감상자는 혁명가만을 움직이게 보이는 이 그림을 통해 앞으로도 이어질 그의 불운을 감지하게 됩니다. 결코 타협할 것 같지 않은 그의 눈빛, 고난에 찬 민중에 대한 그의 연민, 세상은 이런 사람들에게 정말이지 큰 빚을 졌습니다. 개인의 삶이 온전히 희생되고 그 가족들도 평범한 삶을 저당 잡혔던, 그럼에도 아무런 보상도 명예도 얻지 못했던 그들의 희생 덕분에 이 땅의 정의가 완전히 사라지거나 하는 일은 없었다, 생각이 절로 들게 합니다. 우리는 그런 분들의 빚을 지고 살아가는 셈입니다. 빚이라면 언젠가는 갚아야 할 것이겠지요.

처절하게 그리지 않았는데 처절합니다. 현실이 처절하니까요. 사실주의의 힘입니다. 과장하거나 비틀지 않아도 현실이 그대로 작품이 됩니다. 그래서 어쩌면 사실주의 작가들이 보는 눈은 더 깊고 첨예해야 하는지 모릅니다. 그리는 붓질의 실력도 중요하겠지만, 이런 삶의 자리를 찾아내는 매의 눈도 그 못지않게 중요합니다. 잡아낸 그 깊이만큼 작품도 나오겠지요. 논문을 쓰는 학자도, 작품을 쓰는 작가도, 화가도 작품의 실마리를 잡기가 가장 어렵다고 합니다. 어떤 학자가 논문 제목만 잡아도 이미 작업의 반은 이룬 것이라는 말을 하는 것을 들은 적이 있습니다. 창작이라 이름 붙일 수 있는 일을 하는 사람이라면 아마 공감하리라 생각합니다.

저 처참한 광경에 폐부를 꿰뚫는 작가의 마음이 고스란히 전해집니다. 저리 일해도 가족들이 먹고살기도 힘들었던 제정 러시아 말기의 하층계급의 삶이 저 그림 하나로 다 전달될 성싶습니다. 수천 년의 세월을 뒤집고 인민이 주인이 되는 프롤레타리아 혁명을 가능하게 했던 저력을 보게 됩니다. 물론 그 혁명 이후 비참한 상황은 또 다른 문제, 아니

같은 선상의 연속일까요? 역사는 그저 반복을 거듭할까요? 여기에는 종교관, 인생관, 세계관, 우주관이 다 담겨야 대답이 나올 수 있습니다. 이 화가 일리야 레핀은 긍정의 답을 지녔으리라, 저에겐 그렇게 느껴집니다. 단지 저의 희망일 수도 있겠습니다만, 왜 그리 느끼는지 저의 탐색을 함께 나눕니다. 역사의 흐름에 참된 희망을 전달하는 이를 예언자라고 할 수 있습니다.

그림 속으로 들어가기 전 가톨릭의 예수회라는 수도회의 테야르 드 샤르댕(Pierre Teilhard de Chardin, 1881~1955) 신부 이야기를 잠깐 언급하고 싶습니다. 많은 분이 이미 이분을 알고 계실지도 모릅니다. 이분은 신부이자 과학자(고생물학자)로서 북경원인을 발견한 분으로도 알려졌으며, 과학적 사고와 신학을 함께 아우르는 해박한 지식을 바탕으로 세계적으로 인정받은 석학입니다. 인류와 우주의 역사는 맹목적으로 누구도 알 수 없는 방향으로 가는 게 아니라 오메가 포인트라는 목적을 향해 간다고 합니다. 그는 정신의 출현과 인간 현상이 진화과정의 당연한 결과이지 우연의 산물이 아니며, 그렇다면 당연히 그 출현이 어떤 목적을 향해 가고 있음이 틀림없다고 보았습니다.

또한 근대 과학의 눈부신 발전이 그리스도교적 신학을 마구 비웃던 시절, 앞서가는 과학의 첨단에 서 있던 그를 위험하게 본 교황청은 그에게 학생들을 가르치거나 출판물도 내지 못하게 합니다. 이로써 유럽에서 활동할 수 없게 된 그는 중국으로 건너가 북경원인을 발견하는 데 결정적 역할을 합니다. 참 아이러니하지요. 사제로서, 수도자로서 자신

일리야 레핀(Ilya Yefimovich Repin), 〈Barge Haulers on the Volga〉, 1873, 러시아 국립미술관 소장

이 몸담은 가톨릭의 중심부에서 그런 대우를 받는다는 것은 거의 나락으로 떨어짐을 의미합니다. 이런 처우를 받으면 교회를 떠날 수밖에 없을 정도로 교회 내에서 이 사람이 할 수 있는 일은 아무것도 없다고 봐도 될 정도입니다. 테야르는 이 상황을 묵묵히 수용하고 자신이 할 수 있는 연구에 몰두합니다. 그리고 그 비극적인 삶의 여정에서 비극적 이론을 내세우는 것이 아니라, 희망 가득한 우주와 인류의 미래를 이야기합니다. 그는 예수 그리스도의 정신에 기반을 둔 과학적 경험을 토대로 희망의 결론을 인류에게 남겨줍니다. 『인간 현상』, 『물질의 심장』 같은 수많은 저서를 통해 이러한 확신을 전해줍니다.

가장 큰 희망은 때로 가장 큰 절망에서 나오는 것을 봅니다. 테야르 신부와는 또 다른 입장에서 일리야 레핀의 삶도 그러했습니다. 농노 출신으로 누구보다 절박한 하층민의 삶을 잘 알았던 레핀은 혁명을 경험하고 희망으로 가득했던 시절과 혁명 후 조금도 달라지지 않는 가난한 이들의 상황과 암울한 러시아의 미래도 경험했습니다. 이 작품은 아직 혁명이 일어나기 전 제정 러시아 시절에 그려진 것입니다. 혁명 전야의 어두운 러시아라는 배경이 이 그림에 깔려 있습니다. 우리나라 민주화 역사에서 10·26 사태 이전, 민주화의 꿈을 꾸던 많은 이들이 이 시대가 언제까지 계속될지, 캄캄했던 시절의 경험을 떠올려보면 좋을 것입니다. 그리고 광주 5·18 민주화운동 이후의 희망과 절망도…….

서론이 길었습니다. 이제 그림 속으로 들어가봅니다. 그는 한 명 한

명 정성스럽게 묘사하며 각자의 개성이 아주 뚜렷하게 드러나게 합니다. 개개인에 화가의 애정이 듬뿍, 어쩌면 고흐가 그러했듯, 레핀은 러시아 성인의 모습을 어느 정도는 투영하지 않았을까 짐작해봅니다. 가장 눈에 띄는 이는 제일 앞쪽 한복판에 있는 사람입니다. 그 위치로 보아서도 이 배를 당기는 작업에 있어 일종의 조장 내지는 팀장, 비속어로는 '노가다판 십장' 같은 역할을 하는 사람 같습니다. 다른 인물과 가장 다른 것은 그의 시선이 향하는 방향입니다. 노동의 힘겨움이 가득한 얼굴이지만 눈빛만은 살아 있어, 저 앞을 바라봅니다. 힘겹다는 말로는 표현이 안 될 노동의 강도와 그에 비해 턱도 없는 품삯 때문에 악에 받친 듯한 오른쪽 사람, 자포자기 상태의 왼쪽 사람과는 무척 대조적입니다. 노동에 임하는 그의 자세 역시 인부 가운데 가장 곧습니다.

왼쪽 뒤편 파이프를 문 사람은 힘을 쓰지 않으려 몸을 세웠습니다. 온몸을 굽혀 용을 쓰는 동료들 사이에서 저런 자세로 꾀를 부리는 사람은 어디나 있기 마련이지요. 그리고 바로 그 뒤의 사람은 고통에 못 이겨 몸을 뒤틉니다. 저 정도의 노동이라면 '이러다 내가 죽을 수 있겠구나'라는 두려움이 엄습할 수도 있을 것입니다. 눈을 부릅뜬 가장 앞쪽 사람은 자신의 운명과 팔자에 거의 신을 저주하는 듯한 표정입니다. 그의 시선은 그림을 그리는 레핀 혹은 그림을 바라보는 우리를 향해 노려보는 듯한 느낌이 들게 합니다.

그리고 그 사람 뒤 가장 젊은 새파란 청년은 가슴에 두른 가죽띠가 살을 비벼대는 아픔을 못 이겨 얼굴이 온통 일그러졌습니다. 왼쪽 어깨

쪽에 피가 맺혀 있습니다. 아마도 다른 이들은 그 자리에 굳은살이 배겨 이제 가죽끈이 닿아도 저 청년 같은 고통은 없나 봅니다. 다부져 보이는 어른들과 달리 체격도 호리호리하고 아직 햇볕에 그을리지 않아 피부도 희고 곱상합니다. 그 뒤를 이어 고개를 숙인 채 아무 생각 없이 고통을 감내하며 묵묵히 몸을 굽혀 배를 끄는 이들과 그 와중에도 흘낏 다른 곳에 일어나는 일에 눈길을 주는 이도 있습니다.

이 그림은 레핀의 노동자들에 대한 헌사로도 볼 수 있겠다고 생각합니다. 앞을 향해 나아가는 저 삼각구도가 그 속에 온갖 사람이 섞여 있어도 결국 가야 할 곳으로 갈 것이라는 믿음을 갖게 합니다. 심지어 이 지구를 떠나 우주 끝까지라도 나아갈 것 같지 않습니까. 거대한 바다도 이들이 끄는 말쑥한 증기선도 이 그림에선 자리를 차지하지 못합니다. 거대한 역사의 흐름 가운데서 진정 주인공은 누구인지 그 희망의 자리를 묻고 싶지 않았을까요? 맨 앞에서 이 무리를 끌고 가는 이의 눈빛은 이 희망의 자리를 이미 확신했음을, 그리하여 진정한 성인, 시대의 주인이 어떤 사람인지를 묻습니다.

인류의 짐으로부터 해방

〈묶여 있는 노예〉라는 제목으로 미켈란젤로(Michelangelo Buonarroti, 1475~1564)의 중반기에 속하는 작품입니다. 많은 이가 이것을, 솜씨 좋은 미켈란젤로가 미완성으로 남긴 작품이라고 보는 경향이 있습니다. 사실 그는 젊은 석수 3명이 3시간에 걸쳐 해낼 양을 혼자서 단 15분 만에 그 단단한 돌을 자신이 원하는 형상대로 쪼아낼 수 있는 사람이었다고 합니다. 사방으로 돌조각이 튀고 정을 한 번 댈 때마다 어떤 형상이 이루어지는 모습을 만약 우리가 실제로 볼 수 있었다면 그 자체가 경이로움이었을 것 같습니다.

그러니 이 작품이 미완성이라 여겨지는 것도 무리는 아닙니다만, 그는 의도적으로 이렇듯 덜떨어진 모습 그대로의 작품을 우리에게 남겨주었다고 봅니다. 그 근거는 그가 묶여 있는 노예의 모습을 여러 차례 조각한 것에서 그렇게 유추해볼 수 있습니다. 이 조각은 〈최후의 심판〉에서 예수 12사도 중 하나인 바르톨로메오의 순교 장면에서의 벗겨진 얼굴 가죽과 함께 일종의 그의 자화상이라고 할 수 있습니다. 그는 엄청난 재능과 함께 주위 사람들과 도저히 어울릴 수 없는 독특한 성격을

미켈란젤로 부오나로티(Michelangelo Buonarroti), 〈Bearded Slave〉, 1525~1530, 피렌체 아카데미아 미술관 소장

소유한 사람, 일생 자신과 싸웠던 사람, 그리고 여기서 물러날 수 없는 끈질긴 투지를 지닌 사람이었습니다. 그가 여러 차례 묶인 노예를 조각한 것, 그것도 어설픈 모습, 형태만 새긴 후 도중에 그만둔 듯한 모습으로 남긴 데는 그의 강렬한 의도가 작용했다고 볼 수밖에 없습니다.

이제 그의 마음속 오솔길을 한 번 따라 걸어보기로 합시다. 이 노예는 형태나 윤곽만 흐릿한 것이 아니라, 왼발과 왼손은 아직 돌 속에 그대로 박혀 있어 마치 이제 막 돌 속에서 태어난 것 같습니다. 돌 속에서 빠져나온 오른발은 미처 빠져나오지 못한 왼발과 함께 묶여 있고, 그나마 자유로운 오른손을 높이 치켜들고 온 힘을 다해 벗어나고자 몸부림칩니다. 돌 속에 갇히고, 나온 부분마저 묶인 처지! 이것이 세기를 초월해 견줄 만한 이를 찾지 못한 정도의 재능 가득한 미켈란젤로가 자신을 바라보는 시선입니다.

세기를 뛰어넘는 재능으로도 해결할 수 없는 고뇌! 그 탓일까요? 그는 결혼도 하지 않았습니다. 그는 예술에 한생을 바쳤으며, 자신을 옭매는 것에서 탈출하고자 한생을 바친 이기도 합니다. 그의 초기 작품 바쿠스나 다윗 상은 젊고 힘 있고, 육체적 아름다움이 한눈에 사람을 끄는 작품들입니다. 그런데 그의 말년작 피에타상(성모님이 숨을 거둔 예수님을 안고 있는 모습)은 우리가 잘 아는 그 피에타와는 판이하게 다릅니다. 과연 그의 작품이 맞는지 의심스러울 정도로 성모님과 예수님의 얼굴 형상마저 뭉개지거나 혹은 서툰 조각가의 작품 같습니다. 그는 마치 아름다운 작품 같은 것은 이제 필요 없다는 듯 미완성으로 이 작품을 남겼습니다.

놀라운 재능과 자신의 몸 구석구석 새겨져 놓아주지 않는 노예상태의 긴장은 아마도 이 시점에서 어느 정도 풀리지 않았나 짐작해봅니다. 노예임을 자각하는 정도가 아니라, 진짜 노예인 듯 거기서 벗어나고자 몸부림쳤던 한 구도자는 묶인 끈을 풀어줄 분을, 자신이 미완성으로 남길 수밖에 없는 삶의 짐을 대신 져줄 분을 알아보았습니다. 아무리 손을 쳐들고 반항해도 스스로는 끊을 수 없는 쇠사슬의 무게가 어떤지를, 그 무게를 벗으려 할수록 더 옥죄는 인간 비극의 드라마를 자신의 온 생애를 통해 체험했던 사람 같습니다. 사도 바오로의 "나는 내가 하고자 하는 일은 하지 않고 하지 말아야 할 것은 한다"고 울부짖었던 외침이 눈에 보이는 작품입니다.

세기를 초월하는 재능으로도 해결할 수 없는 인간의 부자유를 자신이 짊어져야 할 개인적인 문제에 그치지 않고, 인류 공통의 짐임을 꿰뚫어 보고, 거기에서 해방을 추구한 이들이 역사상 있어왔습니다. 그는 한 예술가로서 삶, 감탄할 그 삶에 도취되어도 탓할 사람이 없을 정도의 능력에 함몰되는 법이 없이 그 삶 이상으로 인간 구원의 물음에 매달렸습니다. 그의 어떤 천재성보다 이 점이 그를 더욱더 미켈란젤로로 남게 합니다. 그리스도 십자가의 남은 몫은 그와 마찬가지로 지금 이 시대에 사는 우리에게도 예외 없이 다가옵니다. 이 몫을 자신의 것으로 알아들을 수 있는 이들에게 미켈란젤로의 이 작품은 많은 것을 이야기해줍니다.

몸속 몸 밖

이 그림을 처음 보며 거부감을 느끼지 않는 사람이 많지는 않을 것입니다. 험한 노동을 해본 사람이라면 특히 이 그림 속 노동이 얼마나 힘겨운지 잘 알 것입니다. 19세기 화가 귀스타브 쿠르베(Gustave Courbet, 1819~1877)의 그림 〈돌 깨는 사람(The Stone Breakers)〉입니다. 그림이라면 고상하고 우아한 것으로 알았던 그때까지 생각을 깨고 독특한 사실주의 그림을 그린 선구자 중 한 명입니다. 특히 그가 고른 주제들은 당시 다른 화가들은 상상도 할 수 없는 것들이었습니다. 이 그림에서는 노동을 고상한 가치로 승화하는 어떤 요소도 보이지 않습니다. 척박한 현실을 그대로 드러내주었습니다.

찢어진 셔츠와 그 틈으로 보이는 맨살이 현실성을 더해줍니다. 모자를 푹 눌러 쓴 좀 더 나이 들어 보이는 듯한 남자의 조끼 역시 헤진 채 깁지도 않았습니다. 이 힘겨운 노동의 와중에 식사도 스스로 해결하는 듯, 한구석에 냄비가 보입니다. 이 사실은 쉴 시간마저 제대로 제공되지 않는다는 사실을 의미합니다. 또한 고된 육체노동에 걸맞은 음식 따위는 생각지도 못한 상황임도 암시해주지요. 노동이 고귀하고, 창조의 수

귀스타브 쿠르베(Gustave Courbet), 〈The Stone Breakers〉, 1849, 드레스덴 고전 거장 미술관 소장

단이라는 고상한 이론은 들이대기도 민망한 처절한 노동 현장, 쿠르베는 그 현실을 가감 없이 그려냈습니다. 그림에서 가장 가슴 먹먹하게 하는 요소는 노동하는 이들의 얼굴이 없다는 점입니다. 손을 볼 때 좀 더 나이 들어 보이는 사람은 모자를 푹 눌러써서 턱 아래쪽만 보이고, 팔뚝을 보아 노동으로 다져진 몸매의 젊은 남자는 얼굴이 보이지 않을 정도를 넘어 아예 검게 칠해졌습니다.

쿠르베는 자화상을 렘브란트만큼은 아니어도 제법 많이 그린 화가로도 유명한데, 자화상들은 그가 얼마나 시대의 반항아였는지 여실히 보여줍니다. 눈알이 폭발할 것만 같은 그림, 결투로 상처 입은 모습, 심지어 미친 모습까지도 그렸을 정도입니다. 미치지 않고서는 현실을 두 눈 뜨고 보기 어려운 면은 예전이나 지금이나 마찬가지인가 봅니다.

오늘날도 그렇지요. 삶의 가장 밑바닥에서 노동에 살아가는 이들은 얼굴이 없습니다. 세상 누구보다 힘겨운 노동에 짓눌려 살건만, 경제적 대가도 사회적 명예도 때로는 인간으로서 기본적인 존중도 받지 못한 채 살아갑니다. 그러다 보니 이러한 자신과 자신의 가족에 대해, 더 나아가 자신이 몸 바치는 노동에 대해 자랑스럽게 생각하지 못하는 것이 현실의 노동입니다. 화가는 이런 노동의 현실, 노동하는 사람을 그렸습니다. 노동하는 사람에 대해 이만큼 따뜻한 마음을 지닌 화가를 찾는 건 쉽지 않습니다. 밀레의 〈만종〉처럼 종교적 색채조차 없습니다.

하지만 이런 노동이 있기에 인간의 삶, 인간의 역사는 굴러갈 수 있습니다. 이런 노동이 없다면 인간의 삶을 유지하는 것 자체가 불가능해집니다. 그럼에도 이런 험한 노동을 누구나 기피하려고만 합니다. 힘들어서도 피하지만, 그보다도 자신의 인간으로서 가치가 추락한다고 느끼기에 더욱더 그렇습니다. 이런 이들의 노동은 자신의 몸을 우리 인간을 위해 내어놓는 식물이나 짐승들의 고귀한 보시와 거의 수준이 비슷합니다. 이 말에 오해 없기를 바라는데, 우리는 이 보시 없이 단 하루도 살아갈 수 없습니다. 나 자신의 이것저것만 내어놓는 그런 내어놓음과는 차원이 다른 존재 전체의 보시입니다.

그러나 이런 노동을 하는 사람, 이런 노동을 기꺼이 자신의 몫으로 받아들였던 사람만이 체험할 수 있는 경지가 있습니다. 몸속과 몸 밖이 통하는 자유입니다. 고귀함의 뜻이 아주 달라집니다. 이들에게서 안과 밖이 다르지 않은 통합을 보는 것은 놀라운 일이 아닙니다. 소금꽃을 피우는 이들의 경지를 노동을 해보지 않은 이들은 결코 흉내조차 내지 못합니다. 그 고귀함이 고귀함으로 통할 수 있는 세상, 세상 안과 밖이 하나가 되는 세상이겠지요.

하루 노동 끝
뼈 마디마디 앙탈부리듯
우득우득 소리를 내고
몸이 흙자루 되어 땅에 들러붙는다

흙과 가까워진 몸속에

더 편안해진 영은

몸 구석구석

닿지 못하는 곳 없다며 미소짓네

몸은 무장을 풀고

맘껏 쉬고

영은 막힘이 없어

몸속 몸 밖 구별이 없네

–「몸속 몸 밖」 전문

금기의 공간이 되어버린 종교행렬

한복판에 휑하니 빈 공간이 먼저 눈에 들어옵니다. 수도자인 저는 처음 이 그림에 접했을 때의 막막함을 잊을 수 없습니다. 너무 기가 막혀 한동안 멍하니 그림을 바라보았지요. 텅 빈 공간을 중간에 두고 세상은 부자와 가난한 이들로 선명하게 양분됩니다. 그것도 거룩한 성물로 백성들의 사랑과 숭배를 받는 황금 십자가 행렬에서 일어난 당시 풍경을 레핀이 그림으로 옮겼습니다.

가톨릭이나 정교회에는 과거에 수많은 행렬이 있었습니다. 그리고 사람들은 그 행렬에 참여해 거룩한 성물에 손을 대면 은총을 받고 병이 낫거나 소원을 이룬다는 믿음을 지녔습니다. 그런 기복적 믿음은 지금도 여전하지만 현재는 이런 행렬이 거의 사라지고 남아 있지 않습니다. 하여간 그 도시 사람 전체가 거의 다 나온 듯 그야말로 사람들이 개미 떼처럼 바글바글합니다. 저 뒤쪽 머리만 보이게 그린 쪽은 구별이 안 되지만 앞쪽은 명확하게 두 부류로 신분을 구별해 행렬을 진행합니다. 수도승들이 성물을 어깨에 메고 행렬의 제일 앞에 서 있고, 그 뒤를 귀족 복장을 한 이들이 점잖게 따릅니다. 성물을 어깨에 멘 두 번째 열 복판

일리야 레핀(Ilya Yefimovich Repin), 〈Religious Procession in Kursk Province〉, 1880~1883, 트레티야코프 미술관 소장

의 수도승 표정이 참 절묘합니다. 세상에서 가장 영예스러운 일을 한다는 듯 뿌듯하기가 이루 말하기 어려울 정도입니다. 수도승들은 행렬에 참여한 사람 가운데 나이가 가장 젊어 보입니다. 그리고 이들 중 누구도 나눠진 공간 건너편에서 일어나는 일에 관심을 두지 않습니다.

그 사이를 경찰이나 군인으로 보이는 이들이 말을 타고 지키고 있습니다. 더 기가 막힌 것은 수도승들이 손을 잡고 고리를 형성해 가난한 이들이 행렬 속으로 들어오지 못하게 막는다는 사실입니다. 그림 제일 앞 가장 크게 그린 꼽추 소년은 다리를 저는데, 거의 필사적인 몸짓으로 그 성물을 향해 돌진합니다. 아마도 손을 대고 싶었겠지요. 손을 대면 몹쓸 병에서 벗어나리라는 믿음이 온몸에서 풍겨 나옵니다. 그런데 수도승이 그 아이를 강아지 쫓아내듯 막대기로 저지합니다.

소년의 두드러지게 아름다운 금발이 햇살을 받아 빛을 냅니다. 거룩하게 운반되는 성물보다 아이의 금발과 어떤 방해도 상관하지 않는 굳은 신념을 지닌 표정이 오히려 이 그림을 압도합니다. 누가 하느님 마음에 드는지, 누가 예수님의 길 위에 있는지 설명이 필요 없습니다. 소년 뒤로는 고개를 푹 숙인 채 목발을 짚는 어두운 표정의 환자들이 줄을 잇습니다. 기가 죽어 고개조차 들지 못하는 다른 환자들 앞에서 이 소년은 참 당당합니다. 마치 자기 아버지를 찾아가는데 감히 누가 막느냐는 식입니다. 하느님 앞에서 이 정도 배짱을 부려야 하느님의 자녀라고 할 수 있겠지요. 설마 아버지가 아이들에게 내 앞에서 절절매라고 하지는 않을 테니 말입니다.

몸이 불편하고 바싹 마른 몸매에 초라한 복장을 한 이들과 대조적인 사람이 있습니다. 그림 한복판에 있는 화려한 복장의 배가 나온 사제는 하늘을 우러르기에 아무런 부끄럼이 없다는 듯 고개를 쳐들었습니다만, 레핀은 이 그림에서 사제에게 큰 존재감을 부여하지 않습니다. 화려한 복장과 중심에 자리 잡았음에도 자세히 살펴보아야 눈에 뜨입니다.

그림의 4분의 1은 차지할 듯한 황토 바닥 공간은 인간이 그어놓은 차별의 영역입니다. 성물 가까이서 행진할 수 있게 허락받은 이들을 가난한 이들과 구분 지을 수 있도록 그림 한복판의 이 사제가 지켜주는 듯한 인상마저 받습니다. 실제 현실에서 종교가 하느님 사랑을 전하지는 못할망정 이런 악역만은 아니길 간절히 기도하게 합니다. 소름이 끼칩니다. 하지만 겁이라고는 다 말아먹은 듯한 저 저돌적인 소년이 그 금기의 공간으로 훅 들어오려 하는 순간을 레핀은 포착합니다. 위대한 화가에 대한 찬사가 절로 터지게 합니다. 진짜 위대한 것은 시대를 초월하지요.

살아 있는 구유

하얀 김이 오르는 찌그러진 양푼이 한복판에 있고 그 주위로 여덟 사람이 그려져 있습니다. 시장 전체의 시끌벅적한 느낌이 화면 가득 배어 나옵니다. 1980년대만 하더라도 군이 시골까지 가지 않더라도 큰 시장에 가면 흔히 볼 수 있는 풍경입니다. 왼쪽에서 두 번째 할머니는 가져온 물건을 다 팔았는지 커다란 바구니 속이 텅 비어 있고, 국수인지 국밥인지 이제 막 손에 든 그릇에서는 하얗게 김이 올라옵니다. 가져온 물건을 다 팔아 마음이 넉넉한지 이야기보따리를 풀어놓는 모양새입니다. 음식 파는 할머니와 두런두런 이야기가 한참입니다. 국수를 마는 할머니는 "그려그려 인생 그런 것이여"라는 표정으로 십년지기라도 되는 양 이야기 삼매경에 빠져 있습니다. 저렇게 누군가 들어주기만 해도 마음속 앙금이 쑥 내려앉을 것도 같습니다.

입고 있는 옷, 피부색, 주름이 비슷하듯 서로 나누는 인생살이도 아마 비슷할 것이고 이야기 구절구절마다 자신의 이야기인 듯 고개가 끄덕여질 것 같은 분위기가 생생하게 전해져옵니다. 오른쪽에 등을 돌린 두 사람은 국수 그릇까지 삼킬 기세로 먹는 데만 열중하는 것 같지만

강연균, 〈시장사람들〉, 97×146cm

안 듣는 듯 다 듣고 있어, 후루룩 국물까지 다 마시고 나면 슬쩍 이야기 속으로 끼어들지 않을까요. 뒤편에 쪼그리고 앉아 담배를 태우는 할아버지와 그 앞에는 등에 짐을 진 채 걱정거리라도 있는지 먼 곳을 바라보는 할머니는 할아버지와 부부인 듯합니다. 국수 한 그릇 다 비우고 남편이 담배 한 대 태우기를 기다려 곧 일어설 태세입니다. 여기서 국수 한 그릇이라도 비우는 이들은 가져온 물건 다 팔고, 필요한 일용품도 사고 그나마 여유가 있는 이들일지 모릅니다. 아마 국수 한 그릇도 못 먹고 쫄쫄 굶은 채 집으로 가야 하는 안쓰러운 이들도 있겠지요.

시장에서 늘 일어나는 한 모퉁이 풍경, 가난하고 힘겨운 노동으로 매일을 보내는 고단한 서민의 모습에서 볼 수 있는 사람다움과 인간에 대한 자연스러운 관심이 한복판 양푼이 속 김처럼 모락모락 따뜻함을 피워내는 그림입니다. 가진 것 많고 빼앗길 것 많아 지키기에 급급한 이들 사이에서는 결코 찾아볼 수 없는 풍경입니다. 가난함을 추하고 저급한 것으로 여기는 이들, 그래서 가난을 벗어나려면 사기를 치든 도둑질을 하든 무슨 짓이든 할 수 있는 이들의 눈에는 결코 보이지 않는 풍경입니다.

가난함의 특권이라고 한다면 가난한 이들에 대한 모독이요, 지나친 이상주의자라 할 이들도 있겠지요. 가난을 벗어나기 위해 노력하지 말아야 한다는 뜻은 아닙니다. 물질적으로 가난하다고 해서 반드시 위의 광경에 따뜻함을 느끼는 것도 아닙니다. 오히려 이 광경 자체가 지긋지긋하고 짜증스럽기만 한 이들도 있습니다. 분명 가난을 벗어나려고 노력하는 것이 건강한 정신 자세라는 사실도 인정해야 합니다.

이 그림을 그린 화가가 바라보는 가치를 함께 보려면 "행복하여라, 가난한 사람들, 하느님 나라가 그들의 것이니"라는 예수님의 진복팔단을 새로운 눈으로 볼 필요가 있습니다. 가난해야 보이는 것, 가난해야 지닐 수 있는 마음, 가난 없이는 알 수 없는 부서진 마음의 넉넉함 혹은 배짱이 있습니다. 그래서 그리스도교 가치를 참으로 자신의 것으로 삼고 싶어 하는 이들은 이 가난을 선택합니다. 부자가 되는 길보다는 평생 가난할 수밖에 없는 길을 선택하는 이들이 있습니다.

이 그림은 처음 대면했을 때 '살아 있는 구유'라는 말이 떠올랐습니다. 마음 가난한 이들이 둘러앉은 한복판에 아기 예수님이 기쁘게 누워 있을 테니까요. 마구간보다 더 가난하고 더 따뜻한 가난한 이들의 마음은 그 자체로 아기 예수님의 구유입니다. 사실 세상 모든 이 안에 구유일지, 또 다른 무엇일지 모르는 하느님의 신성이 깃들어 있습니다. 그런데 이상하게도 가난한 이들에게서 그 무엇이 투명하게 잘 보입니다. 많은 것으로 둘러싸인 이들의 내면에서 하느님의 신성은 쓰레기나 잡동사니들로 꽁꽁 가려져 자신도 남도 알아보기가 무척 어렵습니다. 그래도 정말 마음 가난한 이는 이 쓰레기마저 뚫고 그 신성에 경배를 드릴 수 있습니다. 이것은 우리의 마음이나 감각 혹은 정신이 알아듣는 문제가 아니라, 전혀 다른 가난의 감각만이 알아챌 수 있습니다. 스스로 가난의 길을 가는 이들은 이 사실을 깨친 이들임이 분명합니다.

3장

따뜻함으로 채워지는 빈자리

어둠 속 한 줄기 생명의 빛

아몬드꽃이 만발한 이 그림은 고난과 역경의 대표주자라 일컬어지는 빈센트 반 고흐의 그림입니다. 봄의 색채와 힘찬 생장의 기운이 느껴지고, 삶을 새롭게 시작하고 싶은 봄의 기운 속으로 빨려 들어가게 해줍니다. 힘차게 뻗는 가지의 생동감에 몸이 들썩거릴 정도입니다. 그런데 이 터져 나오는 생명의 힘, 기쁨, 환한 색채를 드러낸 이 그림을 제대로 이해하려면 먼저 그의 독특한 삶을 좀 알 필요가 있습니다.

그는 목사로 삶을 살고 싶어 신학교에 갑니다만, 라틴어 등 고전어에 막혀 1년을 고투한 후 목사의 길을 포기하고 맙니다. 그런 그를 목사였던 그의 아버지가 선교학교로 보냈고, 선교회 소속으로 보리나주라는 탄광촌에서 선교 활동을 합니다. 19세기 탄광촌은 우리가 상상할 수 있는 모든 것을 초월하는 열악한 공간이었습니다. 매일 직면해야 하는 지하갱도의 폭발위험, 지하의 숨 막힌 공기 속의 살인적인 노동에 비해 턱없이 적어 입에 풀칠도 겨우 할 정도의 임금 등으로 인해 탄광촌의 삶은 피폐할 대로 피폐했습니다. 그는 그 마을에 도착하자마자 자신의 돈과 옷가지들을 전부 나누어주고, 자신은 감자 포장용 천으로 옷을 만

빈센트 반고흐(Vincent van Gogh), 〈The Pink Peach Tree〉, 1888, 암스테르담 반고흐미술관 소장

들어 입고, 적은 양의 빵과 몇 가지 음식으로만 생계를 유지하며, 거주지조차 셋집을 떠나 아무것도 없는 오두막으로 옮겨 갔습니다.

그뿐 아니라, 이 짓눌려 살아가는 가난한 이들에게 회개를 강요하거나 복음을 의무 지우는 위압적인 선교사가 아니라, 성경 속 고난이 서린 인물을 광부들 안에서 보고 그들에게 그러한 자부심을 느끼도록 이야기했습니다. 처음엔 이 독특한 젊은이를 경계하던 마을 사람들도, 장티푸스가 퍼지자 의사도 포기한 중환자를 돌보고 그들의 목숨을 살리려 헌신하는 것을 보고는 그에게 흔들림 없는 신뢰를 느끼게 됩니다. 그러나 그는 여기서 그치지 않습니다.

광산에 파업이 일어나자 밑바닥의 삶을 살아가던 광부들의 편에 섰고, 광산 관리자들은 물론 선교위원회 지도층과 돌이킬 수 없는 긴장관계가 생깁니다. 결국 그들로부터 선교사 자격을 박탈당하고 맙니다. 이 상황이 고흐에게 얼마만 한 고통을 주었는지는 오직 하느님만이 아실 것입니다. 그러나 이 상황은 그가 삶의 또 다른 결정을 하게 만드는데, 늦은 나이에 그는 그림을 그리기 시작합니다. 이 일이 없었더라면 그는 그토록 사랑했던 광부들을 떠나 다른 일을 할 생각조차 하지 않았을 테니, 삶의 품이 거칠어도 그 품이 곧 하느님의 품임을 인정하지 않을 수 없게 됩니다.

그가 보리나주를 떠난 것은 그곳에서 확신하고 체험했던 예수와 복음의 철저함을 포기한 것이 아니었으니, 이제 그는 그림을 통해 이 확신을 표현합니다. 초기에 그가 그린 그림은 〈감자 먹는 사람들〉, 〈베를 짜는 직조공〉처럼 당시 보리나주에서 가장 밑바닥 사람들의 있는 그대로의 삶의 모습이었습니다. 당시 그림은 그의 경험과 닮은 거의 무채색에 가까운 검은 색조였습니다. 그런 그가 프랑스로 가서 인상주의 그림과 만나고 그들의 색채에 경이를 느낍니다. 그는 인상주의의 가벼움은 따르지 않지만, 색채의 신비와 대면하면서 그의 삶도 바뀝니다.

그뿐만 아니라 프랑스 남부 아를로 이사해 그곳의 밝고 상쾌한 날씨, 소박한 시골 사람들에 푹 빠져 검은 늪에서 빠져나오듯 빛과 생명, 색채, 생기로 가득 찬 그림들을 그려냅니다. 그의 모진 인생 한복판에서 선사 받은 부활의 체험이라고나 할까요! 이 밝음은 어둠과의 대면, 삶의 바닥에 내팽개쳐진 고립감, 세상의 냉혹함과의 힘겨운 투쟁을 뚫고 솟아오른 빛입니다. 아를에서 그는 고갱과 시도했던 화가 공동체가 실패로 끝나고, 귀를 자르는 충격적인 사건과 함께 정신병원 생활을 하고, 비극적으로 생을 마감합니다. 하지만 그가 체험한 이 생명, 부활은 결코 단절되지 않고 죽음 너머 그가 그토록 바라던 영원 안에서 진정한 부활을 만발한 아몬드꽃 그림에서 감지하게 됩니다. 그의 그림들은 오직 이 죽음과 부활의 빛 안에서만 올바로 이해할 수 있습니다.

그의 인생 궤도를 제법 상세하게 묘사한 이유를 이제 설명하지 않아도 알 것입니다. 그는 여기서 만난 사람들에게서 성경이나 역사 속 성인들의 인물이 오버랩됨을 봅니다. 그는 자신이 그린 평범한 사람들 안에 깃든 생명에 대한 깊은 경외심을 독수리의 눈으로 찾아내고, 사계절 피고 지는 자연에서 죽음과 부활의 신비를 발견했습니다. 그의 그림에는 이 체험이 있는 그대로 환히 드러납니다. 해바라기, 밀밭, 복숭아꽃, 자신의 침실, 자신이 다니던 길거리 등 아무도 관심을 두지 않는 가장 평범한 것 안에서 생명이 펄펄 살아 움직임을 포착하고 그것을 그려냅니다. 그는 죽음과 부활을 통해서만 닿을 수 있는 생명의 화가입니다. 이 아몬드나무 그림이 그렇게 말해줍니다.

인간이라는 그릇

이 그림에서 누가 보입니까? 이 그림을 그린 화가는 조르주 드 라 투르(Georges de La Tour, 1593~1652)인데, 사실 그림 분위기가 개인적으로 썩 마음에 들지는 않았습니다. 특히 막달라 마리아의 회개를 그린 그림은 일반적으로 평하기를 저절로 고요함을 느끼게 해준다고 하는데, 저로서는 지나치게 멜랑콜리(?)한 분위기가 썩 마음에 들지는 않았습니다. 그런데 아기 예수님을 진짜 아기, 그것도 갓 태어난 아기의 모습으로 그린 그림을 찾으려고 하니 이 그림밖에(에밀 놀데 제외) 찾아볼 수 없었습니다. 아기 그림을 자꾸 보다 보니 원래 지녔던 선입관은 사라지고 실핏줄 가득한 아기의 모습, 그 말랑말랑하고 연약한 모습에서 말할 수 없는 신비로움이 스며 나오기 시작했습니다.

사실 이 화가의 생애에서는 감동할 만한 점은 찾기 어렵습니다. 자료가 명확하지는 않다 치더라도 어쨌든 평민 출신에서 결혼을 통해 작으나마 귀족 칭호도 지니고 상당한 농지도 지녔다고 합니다. 그리고 농민에 대한 사려 깊지 못한 대우로 가족 모두 농민반란 때 맞아 죽었다고 합니다. 그런데 아이러니하게도 그는 인문주의가 발달하고 인간의식의 새

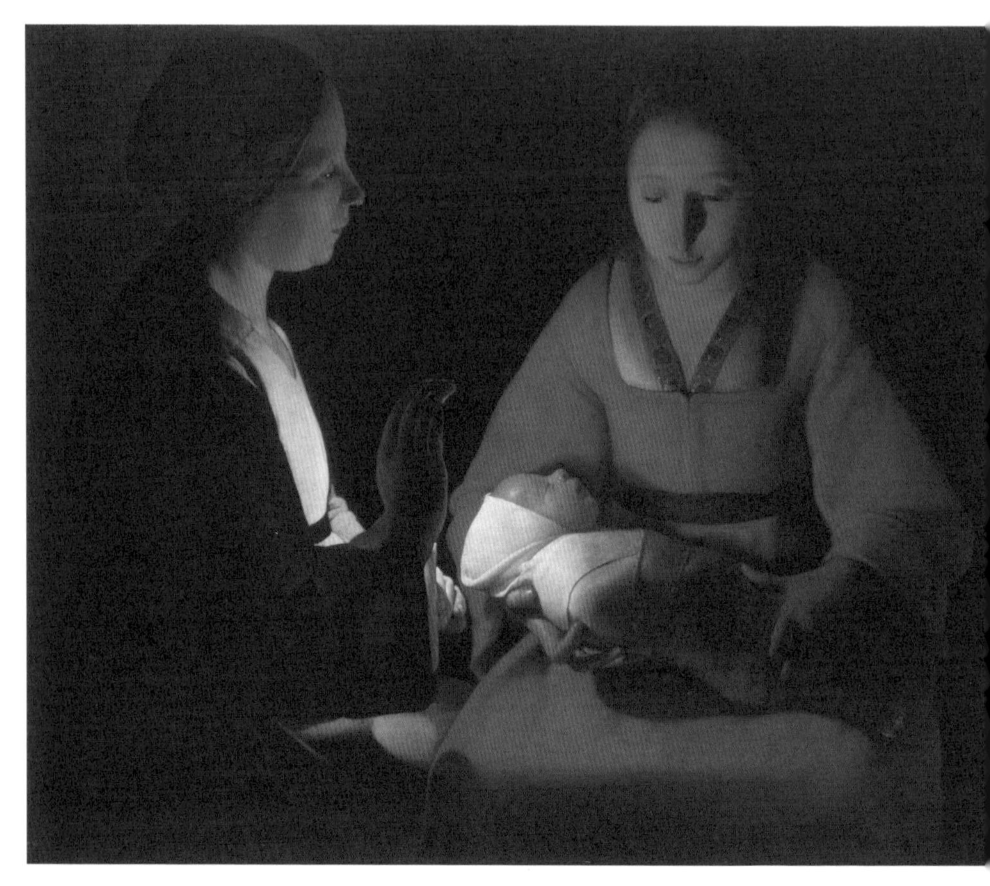

조르주 드 라 투르(Georges de La Tour), 〈A Newborn Child〉, 1645~1648, 프랑스 리옹 미술관 소장

로운 면이 강조되는 바로크 시기에 유별나게 종교화를 많이 그렸습니다. 인간의 이해하기 어려운 심연이라 할까요, 이중성이라 할까요. 그 깊은 심연을 엿보는 것 같아 아찔함을 느끼게 합니다.

그런 인간, 날것의 인간, 그것도 갓 태어난 아기가 동시에 하느님이라는 이 깊은 신비 앞에 설 때는 더 아찔하겠지요! 이 사실이 신비로 자신의 몸과 정신과 영을 뚫고 다가오는 이는 복됩니다. 저 실핏줄이 투명한 아기, 태어나 곧바로 천으로 감싸인 아기 안에서 생명의 신비가, 하느님의 신비가 펄펄 살아 움직입니다. 저 아기가 하느님이라면, 인간 모두는 한 명도 예외 없이 우리의 찬미를 받아 마땅합니다. 인간을 인간으로 알아보지 못할 때 하느님을 하느님으로 알아보지도 못합니다. 하느님께 다가가고자 한다면 저 약하디약한 인간, 쥐면 꺼질 듯 그렇게 약한 인간에게로 다가가야 합니다.

우리 눈에는 끝없이 악해 보이는 인간 안에도 하느님이 깃들어 계시다는 사실 앞에 우리는 전율을 느낄 수밖에 없습니다. 그래서 밀밭의 가라지는 아직 뽑아서는 안 되는 것이지요. 뽑으려다 내가 가라지인 것이 드러날 수도 있지요. 생명의 신비, 사람의 신비, 아기의 신비, 아기 예수님의 신비, 하느님의 신비, 약함의 신비, 악의 신비, 선의 신비는 인간이라는 하나의 그릇 안에서 만납니다.

인간이라는 그릇 안으로 오시어 인간 조건의 모든 약함을 함께 지닌 하느님! 그 하느님 앞에 선다면 그 사람은 인간이 불행, 악, 비참, 약함 또한 한없는 신비 안에 있음을 동시에 발견하게 됩니다. 이 약하디약한 인간이라는 그릇에 하느님이 담길 때, 동료 인간이 담길 때, 동료 피조물이 담길 때 인간은 참 인간이 됩니다. 아무리 담겨도 결코 터지는 일이 없는 강력한 그릇, 작디작은 말 한마디나 불행에도 상처 입기 쉬운 연약한 질그릇, 이토록 묘한 존재인 인간을 어찌 쉽게 이해하겠습니까? 하느님만큼이나 신비한 존재, 그래서 하느님 앞에서만 제대로 이해할 수 있는 존재 그 존엄함 앞에 우리는 서 있습니다.

타자가 자신을
가득 채울 때 충만
타자와 하나를 이룰 때
비로소 참 나

자신에게서 미끄러져 나가면
타자가 들어와도 만날 이 없네
우리는 그릇
타자를 담을 때 온전해지는 그릇

자신을 비워 생겨난 곳
타자의 자리

– 「타자를 담을 때」 전문

이런 기다림

그림을 본다는 것은 먼저 그 그림을 그린 사람의 마음 안으로 들어가는 일이기도 합니다. 이 그림은 고흐의 그림 중 드물게 따뜻한 느낌이 드는 그림입니다. 침대에 들어가 누워 쉬고 싶은 느낌이 들지요. 그런데 실상 그의 삶은 절망과 실패로 얼룩졌습니다. 사람들, 심지어 동생 테오 외의 가족들로부터도 이상한 외계인쯤으로 취급하는 듯한 눈빛을 견뎌내야 하는 삶이었습니다. 그의 삶은 쓰디쓴 고난 한복판에서 벗어날 길도 없는 듯 막막하기만 했습니다. 사랑하는 연인을 만나고픈 그의 갈망 또한 평생 단 한 번도 채워진 적이 없지요. 아이는 또 얼마나 좋아했는지……. 연인을 만난 일이 없으니 자신의 아이를 가질 기회조차 주어지지 않았습니다. 그는 동생 테오에게 가족들이 마치 "털북숭이 더러운 개가 집 안으로 들어온 듯 여긴다"라고 쓴 적이 있을 정도였습니다. 사실 이것은 과장된 자학의 언어가 아니라, 정확한 자기인식이며 상황묘사입니다.

이처럼 철저한 자기인식도 고흐의 놀라운 면 중 하나입니다. 여기에 원망이나 욕설, 험담이 덧붙여지지 않고 자신이 느끼는 감정만 묘사하

빈센트 반고흐(Vincent van Gogh), 〈Bedroom in Arles〉, 1889, 암스테르담 반고흐미술관 소장

는 것으로 끝납니다. 테오와 주고받은 편지 안에서 드러나는 참 놀라운 면 중 하나입니다. 이는 정말 쉽지 않은 일입니다. 더욱이 다른 누구도 아니고 가족에게 이런 취급을 받을 경우, 원망이 더 커지는 것은 당연한 일입니다. 이런 취급이 그를 더욱 소외와 단절의 감정에 몰두하게 했는지도 모릅니다. 고통받는 이에 대한 놀라운 공감능력 또한 자신의 이런 처지와도 무관하지 않으며, 고흐에게 예수 그리스도의 수난과 모욕에 대한 첨예한 인식이 깊어지게 했다고 봅니다.

이런 와중에 그는 거대 도시 파리를 떠나 프로방스 지방으로 주거지를 옮깁니다. 그는 이곳의 자연과 사람에게서 삶의 전환을 모색하게 됩니다. 환한 프로방스의 환경과 따스한 시골 사람들 사이에서 모처럼 위로를 받습니다. 그가 이곳에서 그린 복숭아꽃이 만발한 과수원이나 해바라기 등이 이 사실을 잘 보여줍니다. 그의 삶은 여전히 궁핍하고 단 한 점의 그림도 팔아본 적이 없는 실패한 인생이지만, 그는 이 고난을 뚫고 나오는 따뜻한 빛, 사랑, 생명을 체험합니다.

삶의 고뇌와 하루의 피곤을 잊고 쉴 수 있게 해주는 침실, 이것은 그의 내면에 자리 잡은 위안의 공간임을 말해주며, 고난이 결코 인간을 실패한 인생으로 만들지 못함을 여실히 느끼게 해줍니다. 내면에 고요의 공간이 없는 사람이 이렇듯 편안하게 쉬고 싶은 느낌이 드는 침실을 그려낼 수는 없기 때문입니다.

먼저 눈에 띄는 것은 활짝 열어젖힌 것도 아니고, 꼭 닫은 것도 아니고 아주 살짝 열어놓은 창문입니다. 모든 사물과 인간, 자연에 대한 그의 개방성이 느껴집니다. 그는 그림의 대상을 선정하는 데 아주 엄격했습니다. 인물은 평범하고 가난한 인물, 자연도 그저 자연인 채로의 자연이 아니라 인간과 함께 어우러진 풍경을 대상으로 삼았습니다. 부유하고 지위 높은 인물은 그의 그림에는 나타나지 않습니다. 그는 자신이 추구하는 것에서 결코 타협을 허용하지 않았습니다. 살짝 열린 창문은 이런 그의 특성을 엿보게 해줍니다.

또 한 가지 눈길을 끄는 상징이 있습니다. 두 개의 의자인데, 의자가 놓인 방향이 참으로 야릇합니다. 두 개의 의자를 사람이 마주 앉을 수 있도록 배치한 것도 아니고, 책상 앞에 놓아두지도 않았습니다. 하나는 침대 바로 옆, 다른 하나는 문 바로 옆입니다.

이 사실은 고흐의 내면적 고요의 다른 축인 기다림의 열정이 느껴지게 합니다. 누운 채 이야기하는 자신을 사랑스레 바라봐줄 누군가를 기다리는 듯한 그의 마음이 보는 이의 마음 한구석을 아리게 합니다. 그러나 여기서 그친다면 고흐의 그림은 평범한 것으로 그치고 맙니다. 또 다른 의자는 위치가 정말 이상합니다. 문을 열자마자 의자가 놓여 있습니다. 이것은 아마도 단지 어떤 한 인간을 기다리는 것 같지는 않습니다. 그의 삶 전체를 사로잡았던 종교적 열정, 예수 그리스도에 대한 간절한 기다림이 이렇게 표현된 것은 아닐까요?

단순하고 절제되어 오히려 더 큰 열정을 느끼게 해주는 상징입니다. 그리고 정말 마음과 열정을 담아야만 보이는 상징이기도 합니다. 처절한 실패와 온갖 인간적 약함 안에서도 그는 이것을 놓치지 않았습니다. 그는 종교화를 그리지 않기로 결심했는데, 사실 어설픈 종교화는 어떤 감동도 주지 못합니다. 왜냐면 그는 삶 전체와 생명을 걸고 영원을 추구했기에, 그림 역시 어설픈 모방, 성경의 어떤 순간을 그저 화폭에 옮겨놓는 것으로는 만족할 수 없었습니다. 그는 인간 안에 오시어 인간을 사랑하는 하느님, 사랑의 하느님, 가난한 이들의 하느님, 드디어는 인간 자신이 되시어 한 아기로 태어나신 하느님을 모든 사물, 가난한 사람들 안에서 발견하고 이것을 그림으로 옮겼습니다.

그래서 이 의자 두 개는 한 인간이 지닌 엄청난 기다림과 사랑을 품고 크게 가슴을 벌린 채 고요히 방 한편에 놓여 있습니다.

아기 예수 앞
벌거벗기우고도 부끄럼 모르는 이
알몸인 아기 그분 닮았네

성모님 앞
낮고 작아져도 기쁨 넘치는 이
비천한 여종 그분 닮았네

빈자리, 하지만 따뜻함으로 채워지는

붕어빵 두 개 앞에 〈기억의 빈자리〉라는 제목이 붙어 있습니다. 붕어빵이 지니는 그 따끈따끈함이 손바닥 안에 전해집니다. 이 따뜻함이 제대로 전해지려면 일단 추위가 따라야겠지요. 한여름에 붕어빵을 떠올리는 사람은 없을 테니까요. 그럼 붕어빵을 따라 여행을 떠나봅니다.

살면서 옆 사람 누구와도 화해할 필요 없이 원만하게만 사는 사람은 많지 않습니다. 살다 보면 누구나 감정을 상하고 얼굴조차 보기 싫은 사람이 생길 수도 있지만, 그런 경우라 해도 화해조차 하고 싶지 않은 사람은 없을 듯합니다. 누군가를 미워하는 것 자체가 고통이며, 깊은 번민을 동반하기 마련이니까요. 하지만 화해의 몸짓을 시작하는 순간, 온몸이 경직되는 것을 체험하게 되는 것이 우리 미욱한 인간들입니다.

인간의 자기중심적 성향은 자신이 원하지 않음에도 사랑의 흐름에 역행하는 쪽으로 흐르게 합니다. 역행하는 두 사람의 흐름이 얽히거나 부딪칠 경우, 그곳에는 섬광이 튀는 별들의 전쟁이나 우주쇼가 벌어지기도 하며, 그때 입은 상처가 쉽게 아물지 않는다는 것은 우리가 잘 아는 사실입니다. 타인은 물론 우리 자신 안에서도……. 화해하고자 하는

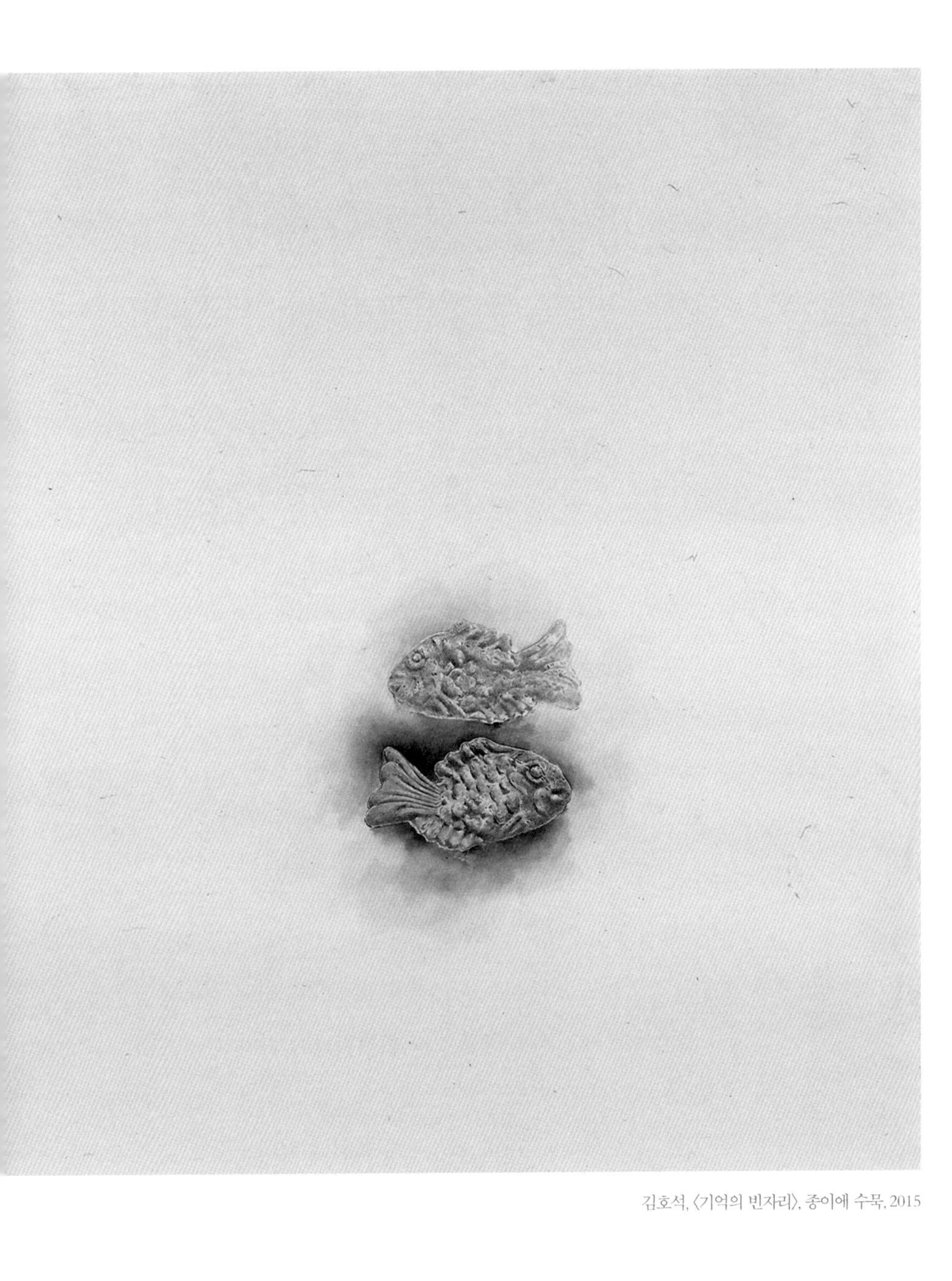

김호석, 〈기억의 빈자리〉, 종이에 수묵, 2015

열정이 커서 이리저리 움직이기도 하지만, 아직 상대는 준비도 되지 않았는데 이쪽에서 성급히 굴면 오히려 상처를 더 크게 만들기도 합니다. 이때 화해하고 싶은 마음은 여전히 자기중심적일 뿐, 다친 상대의 마음을 보듬고 그 밑바닥을 진정으로 이해하는 것이 아닙니다. 내 성급한 마음을 진정한 변화가 따라잡지 못한 것이지요. 그만큼 화해는 쉽지 않습니다.

이런 상처가 겹치고 겹치면 그 부위는 뭉그러지고 상하게 되어 자신마저 자신을 가까이하고 싶지 않은 구렁텅이 같은 곳으로 변하게 합니다. 화해하고자 하는 마음을 받아들여주지 않는다는 원망만 더 커질 수도 있습니다. 그러면 이 늪은 온갖 것을 빨아들이려고 합니다. 상처받은 마음을 보상받고 싶은 것입니다. 이 보상심리가 작용하면 화해는 점점 더 어려워집니다. 스스로 자신을 피해자로 만들며, 그렇게 일평생을 살아갈 수도 있습니다. 그야말로 깊은 수렁 하나를 자신 안에 품고 살아가는 것이지요. 이 수렁에 한 번이라도 빠지면 헤어나오기가 쉽지 않으니 빠지지 않는 것을 상책으로 여기며, 다른 사람들조차 멀리하는 그런 사람이 되어버립니다.

누가 이 깊은 수렁을 치유할 수 있겠습니까? 이런 크고 작은 상처가 얽힌 공동체 안의 화해는 어떻게 이루어질 수 있겠습니까? 해답부터 말씀드리자면 십자가로 표현되는 사랑, 자기희생의 사랑만이 이 수렁을 통과할 수 있습니다. 해답은 명료하지만 걸음을 내딛기는 산을 옮기는 것만큼 어렵다고들 합니다. 그러나 인간에게 제시된 길이 인간이 걷지 못할 불가능한 길일 리는 없지요.

외부에서 오는 큰 사건 때문에 깊은 상처를 받았을 때, 자기희생의 사랑으로 함께하는 이가 있다면, 이 상처의 자리는 깊은 수렁이 아니라, 빈자리가 됩니다. 이런 마음의 빈자리는 자기 내면에 숨구멍이 되고, 타인을 품는 자리가 되기도 합니다. 이 자기희생의 사랑 없이는 자신과의 화해도 사실 참 어렵습니다. 자신의 약함을 본 사람 즉 자신이 얼마나 자기중심적인지를 꿰뚫어 본 사람만이 자기희생이 참된 길임을 제대로 알아듣습니다. 자신의 약함의 바닥을 본 사람만이 타인의 약함을 분노함 없이 받아들일 수 있습니다. 자신에게 상처를 입히는 사람조차 그 바닥에 무엇이 있는지 볼 수 있는 눈은 이 자기희생의 사랑뿐입니다.

약한 인간들이 모여 살아가는, 상처가 없을 수 없는 가정과 공동체를 묶어주는 접착제 역할을 하는 것이 이 자기희생의 사랑입니다. 화해할 수 없는 마음의 수백 겹의 단층을 꿰뚫어 볼 수 있는 것도 이 자기희생의 사랑뿐입니다. 사랑을 가장한 왜곡과 집착의 어지러운 실타래 안에서도 고요히 사랑의 숨을 내쉴 수 있게 해주며, 손쉽게 실타래를 끊어버리고 해방을 외치게 하지 않습니다. 시간이 걸려도, 서로가 더 힘들어져도 화해의 여정 없이는 진정한 공동체를 이룰 수 없기 때문입니다. 이것이 빈자리입니다.

진정한 화해를 이룬 가정, 공동체를 찾아 지구 열 바퀴를 돈다고 해도 절대 찾을 수 없을지 모릅니다. 내가 몸담은 곳도 그 이상에 닿지 못할지 모릅니다. 진정한 자기희생의 사랑은 여기서 드러납니다. 화해를 이루는 것 자체를 목적으로 삼지 않습니다. 그만큼 인간은 철저히 자기 중심적임을 알기에, 그것을 강제로 이루는 것이 폭력일 수밖에 없음도 잘 알기 때문입니다.

화해를 이루는 여정, 그 여정 속에 자신의 진짜 보물을 숨길 줄 아는 사람이 됩니다. 이 과정이 어쩌면 우리가 진짜 사람이 되어가는 과정인지도 모릅니다. 붕어빵처럼 작은 자리, 그래도 한겨울 한기가 들 때 입보다 마음을 더 따뜻하게 해주는 붕어빵 같은 빈자리, 겨울 지나고 여름 되면 그 따끈함도 잊혀지는 기억의 빈자리, 비어도 분명 자국은 남아 있겠지요. 그런 빈자리를 이 그림 안에서 보게 해주는 작가의 마음이 다가옵니다. 사실 김호석 화백은 이 그림을 그릴 때 세월호를 염두에 두고 그렸습니다. 세월호에 대한 이야기는 다른 곳에서 풀었기에 여기서는 달리 접근해보았습니다.

아기를 가진 어머니처럼

1,300도의 불을 뚫고 나온 저 흰 항아리. 조선백자 달항아리라 불리는 것으로, 이 이름을 싫어하는 이를 보지 못한 친근한 우리의 자랑거리입니다. 큰 범종을 만드는 금속도 1,000도에서 녹아내린다는데, 어떤 흙이 그 열을 견뎌낸 것일까요? 그 뜨거운 불바다를 견디고, 불 자국 하나 없이 말간 얼굴로 서 있습니다. 어쩌면 그 불바다를 건넜기에 저 빛을 지닌 것이 아닐까요. 불로 씻긴 몸 아닐까요. 물로 씻어도 씻기지 않는 것이 불로는 씻기지요.

여기에 더하여 저 풍성한 몸체에 아무것도 그려넣지 않은 조선 도공의 마음이 알 듯 모를 듯, 그러나 진득하게 마음에 전달됩니다. 모든 것을 생략하고 오묘한 흰빛과 형체만 남긴 그 넓고 깊은 세계를 짐작하기란 쉽지 않습니다. 어쩌면 달항아리를 대하는 이에게 모든 것을 맡기고 그저 둥그러니 내놓은 듯한 느낌이 듭니다. 그래서 보는 이마다 지니는 느낌은 무한정 뻗어나갈 듯합니다. 맑고 깨끗하되 근접하기 어려운 투명함이 아니라, 아기를 가진 어머니의 배 같은 저 둥근 표면에는 무엇이든 담아낼 듯한 넉넉함이 푸근히 배어 나옵니다.

조선시대 백자달항아리(국보 제310호), 국립고궁박물관 소장

이 그릇을 소유했던 이는 이것을 사용할 때마다, 의식적이든 무의식적이든 좁고 날카롭게 날이 선 자신의 마음을 비추어보게 되지 않았을까요? 수도자인 저는 자연스럽게 한없이 넉넉하되 모든 것을 삼켜 자신의 것으로 삼아버리지 않고 각자에게 맞도록 다가가시는 하느님, 사랑의 불꽃이시되 그 불일랑 저 밑바닥에 두시고 온기와 따스함으로 먼저 다가오시는 분, 그리하여 때가 되었을 때는 가차 없는 불의 바다로 모든 것을 태우고 온전히 남길 것만 남기시는 불 자체이신 분이 떠오릅니다.

도자기를 보면 좌우가 살짝 다릅니다. 저런 것을 만든 이가 좌우를 똑같이 만들 실력이 없었던 것은 아닐 것입니다. 그렇다면 일부러 똑같은 곡선의 대칭을 피하고 같은 듯 다른 듯 묘하게 선을 그리게 했다고 볼 수밖에 없습니다. 그래서 도자기 앞에 고요히 앉아 있으면 항아리의 선이 구불구불 움직일 듯합니다. 고정되지 않고 살아 있는 느낌을 주는 것이지요. 형태가 있되 자신의 형태만을 고집하지 않고, 다른 모든 것과 함께 머물 수 있습니다.

보는 이 앞에 풍성히 열린 항아리. 그 빈 여백일랑 각자에게 맡겨졌습니다. 아기를 가진 어머니처럼 소중하게 저 둥근 항아리를 쓰다듬고 안아보고 싶어집니다. 안는 나를 오히려 안아줄 것만 같습니다.

사랑의 그물망

노란색이 묻어나는 그림 한 편입니다. 〈추계대사도(雛鷄待飼圖)〉 병아리가 먹이를 기다린다는 의미의 제목입니다. 12~13세기 송나라 화가 이적(李迪)이라는 남자가 그린 것입니다. 남자를 강조하는 이유가 있겠지요. 이 포근포근 폭닥폭닥 따뜻함이 묻어나는 그림을 먼 시절, 근엄한 존재로 함부로 따뜻함을 표현하지 않던 시절에, 남자가 그렸다는 사실 때문입니다. 어떤 전경 속 한 부분으로 그린 것도 아니고 오늘날 데생처럼 달랑 병아리만 그린 동양화를 잘 보지 못했습니다. 어미 닭과 함께 있는 것도 아닙니다.

문득 이적이란 화가가 궁금해졌습니다. 인터넷을 뒤졌더니 송대 무명화가라는 사실 외에 별다른 수확이 없었습니다. 어쩌면 큰 수확이지요. 무명화가라는 사실 자체가. 아마도 궁핍했을 가능성이 큽니다. 일생 노력해도 명예도 부도 따라오지 않는 가난한 마음이 아니고선 잡아내기 어려운 분위기라는 생각이 듭니다. 달랑 병아리 두 마리 그려진 그림이 보는 이의 마음에 슬그머니 따뜻함이 스며들게 합니다. 두 마리가 한 방향으로 머리를 향하지만 한 놈은 반대쪽으로 몸을 돌렸습니다. 어미

이적(李迪), 〈추계대사도(雛鷄待飼圖)〉, 12~13세기

닭 혹은 주인이 먹이를 주려고 하는지도 모릅니다. 그런데 두 놈 다 그쪽을 향해 종종걸음으로 달려가지 않고 쳐다만 보고 제자리에서 기다리는 듯한 모습입니다.

조금 별난 착상이지요. 그렇다고 멀뚱멀뚱 혹은 이미 배가 불러 아무 관심 없음 뭐 그런 모습도 아닙니다. 까맣게 눈을 뜨고 한쪽을 동시에 바라보는 두 마리의 눈에는 간절함이 묻어나니까요. 먹이를 보고도 달려가 낚아채지 않고 느긋이 기다리는, 어미에 대한 무한신뢰라고나 할까, 뭐 그런 의인법적인 생각이 절로 들게 합니다. 어미가 넉넉히 주리라는 앞선 경험이 포동포동 노란 몸을 봄의 생명력으로 가득 차게 만드나 봅니다.

동물의 세계든 사람의 세계든 이런 경험은 다를 바 없는 것 같습니다. 어쩌면 노란 병아리에게서 화가의 마음이 묻어나는지도 모르지요. 사랑의 경험이 서로 왔다 갔다 하는 곳, 그곳에는 참 생명이 약동합니다. 참 생명은 다시 더 큰 사랑을 낳아 자신들이 속한 가정, 공동체, 사회 안이 생명력으로 가득 차게 됩니다. 왜냐면 사랑은 결코 자신 안에만 갇혀 있을 수 없기 때문입니다.

타인을 먹이고 살리고 자신을 내어주고 남의 것에 감사하는 것은 나누고 없는 것은 타자에게서 받고 멈춤이 없이 왔다 갔다 하면서도 불안에 빠지거나 정처 없이 흘러 다니지 않습니다. 사랑은 작고 작은 것에 마음이 가고, 작고 작기에 서로 몸 기댈 줄 알고 작은 것이든 큰 것이든 그 안에 깃든 신비에 눈 뜰 줄 알기에 세상 안에 사랑의 흐름을 만들어냅니다. 나에게서 너에게로 너에게서 나에게로 큰 것에서 작은 것으로, 높은 것에서 낮은 것으로 서로 엮이며 그물망을 만듭니다. 이렇게 엮인 그물망은 누구든 안전하게 살아갈 생명의 터전, 생명을 낳는 터전이 됩니다.

섬김의 분주함은
영의 평온을 부르고
섬김의 고단함은
육을 부드럽게 하고

타인의 유익 위해
움직이는 손과 발은
하나님의 사랑 나르는 손수레

-「손수레」 전문

건초더미의 무상성

모네(Claude-Oscar Monet, 1840~1926) 하면 가장 먼저 떠오르는 것이 '빛의 화가'이고, 심지어 빛을 그린 화가라고도 합니다. 대체 빛을 어떻게 그린다는 말인가요? 말이 안 되는 소리지요. 그래서 빛을 드러내주는 색깔을 그릴 수밖에 없었고, 그 색깔도 빛의 양과 종류에 따라 시시각각 달라지는 모습을 그릴 수밖에 없었습니다. 그런데 그의 삶은 중반에 이르기까지 환한 빛과는 거리가 있는 절망으로 점철되었습니다. 그래서 어쩌면 더 빛에 천착했는지도 모르겠습니다. 깊이 절망을 맛보았기에 사람들에게 위로를 주는 그림을 그릴 수 있었는지 모르겠습니다. 유명한 모네의 〈수련의 방〉에서 사람들은 빛에 따라 달라지는 같은 수련이 주는 색깔의 변주 앞에서 자신만의 위로를 찾아낸다고 합니다. 오랑주리 미술관에는 수련만을 위한 방에 일출에서 일몰에 이르기까지 햇빛의 방향에 따라 다른 '수련' 그림들이 배치되었습니다.

정밀하고 화려하며 놀라운 기교가 넘치는 그림, 특히 고전주의 화풍을 그는 따를 생각이 없었습니다. 그리고 처음 어떤 영역에 발을 딛는 사람이 늘 그러하듯 그가 그린 작품들은 조롱과 비웃음거리가 되었습

▲ 클로드 모네(Claude-Oscar Monet), 〈Les meules: fin de l'été, Giverny〉, 1891, 파리 루브르 박물관 소장
▼ 클로드 모네(Claude-Oscar Monet), 〈Haystack in the Morning, Snow Effect〉, 1891, 보스턴 미술관 소장

니다. 1874년 파리에서 르누아르, 드가, 피사로 등 살롱 전시회에서 거절당한 동료 인상파 화가들과 함께 독립 전시회를 열었습니다. 그러나 기존의 그림과는 다른, 형체가 불분명하고 개성이 강한 그의 작품에 대한 평은 최악이었습니다. 비평가 루이 르루아는 모네의 작품 〈인상, 해돋이〉에 대해 "참으로 인상적이다. 벽지 장식이 이 그림보다도 완성도가 높다니……"라고 혹평했지요. 이 이후 전시회에 참여한 화가들에게 '인상파'라는 이름이 붙었습니다. 역설적으로 미술사에서 가장 중요하게 취급되는 '인상주의'라는 용어는 이렇게 전문가의 비웃음에서 시작되었습니다.

카라바조, 렘브란트, 페르메이르 등 빛과 어둠의 극명한 대비를 통해 작품을 그린 화가들은 있었지만 직접 빛을 대상으로 한 그림은 역사상 없었습니다. 사실 모네의 연작 시리즈들, 건초더미, 포플러 숲, 루앙 대성당, 수련은 어찌 보면 실제 그림의 대상이 빛이고 이 소재들은 빛을 잡기 위한 도구 같은 역할을 합니다. 빛은 지나가면 잡을 수 없습니다. 모네는 순간을 포착해 그 순간이 영원으로 이어지기를 갈망했는지도 모릅니다.

매끈한 금속은 빛을 반사할 뿐이어서 빛을 잡기 위한 소재로는 부적절합니다. 그가 택한 대상은 루앙 대성당, 여러 차례 증축을 거듭해 고딕 양식의 모든 것이 새겨져 있고, 수련이 피어난 연못은 수면에 물결이 일며, 건초더미는 차곡차곡 여러 겹으로 포개져 있습니다. 이 세 가지의 공통점은 빛을 단지 반사만 하는 것이 아니라 굴절, 투영, 산란 같은 다양한 효과를 낼 수 있는 대상이라는 점입니다. 그만큼 모네는 빛을 연구하고 또 연구했던 것이지요.

눈 덮인 건초더미의 포근함과 추수가 막 끝난 후 막 쌓아 올린 건초더미의 포근함은 전혀 종류가 다른 느낌입니다. 알곡은 다 거두어지고 빈 몸뚱이만 남은 곡식 줄기들이 단정하게 더미로 쌓여 다시 가축들의 양식으로, 또는 지붕을 잇는 재료로 쓰일 날을 기다렸습니다. 허허로우나 그 속에 깃든 따스함이 있습니다. 그 건초더미 위에 하얀 눈이 덮인 장면은 추위 속에서도 정갈함과 포근함을 줍니다. 이 느낌의 차이는 바로 빛의 차이에서 비롯되지요.

만약 그냥 건초더미를 그린 한 점의 그림만을 그렸다면 결코 줄 수 없는 감동을 연작으로 그린 작품들이 선사해줍니다. 같은 눈 덮인 건초더미도 아침이 다르고 저녁 무렵이 다릅니다. 모네는 "물체가 지닌 고유한 색은 없다. 색은 빛에 따라서 변화할 뿐이다"라는 인상파의 기본 원칙을 세우고 죽을 때까지 충실히 따랐습니다. 같은 주제를 시점과 시간을 달리하며 반복해서 그림으로써 빛과 색의 변화를 철저히 탐구했지요.

그리고 그다음 세대 표현주의로 바통을 넘겨줍니다. 미술도 미술가도 영원하지 않습니다. 끊임없이 이어지는 역사 속 한자리에 머물다 자리를 넘겨주는 것만으로도 영원으로 향하는 문을 두드리게 해주기에 충분합니다. 누구도 영원을 차지할 수는 없으며 어쩌면 영원하지 않다는 사실을 아는 것이 더 영원에 가까운지 모릅니다.

놀라워라

놀라운 순간! 생명이 태어나는 순간! 원시적인 느낌이 들 만큼 화가 에밀 놀데(Emil Nolde, 1867~1956)는 모든 이차적인 것을 생략하고 남길 것만 남겨놓았습니다. 형태나 색상 또한 지극히 단순합니다. 이제 막 산고를 치르고 세상에 나온 아기, 아직 핏덩이 그대로 눈도 뜨지 못하는 아기를 어머니는 기쁨에 겨워 두 손 높게 들고 별을 향해 봉헌하듯 치켜들어 올립니다. 심지어 옛 제사장의 분위기마저 풍깁니다. 아직 고개도 가누지 못하는 핏덩이, 그 신비로움에 어머니의 온 존재는 빛으로 가득합니다. 사방 벽에 드리워진 서늘함마저 느끼게 하는 어두움도 이 어머니의 생명력 앞에서는 힘을 떨치지 못하는 듯합니다. 어둠과 대조를 이루는 하얀 옷은 그대로 빛이 되었습니다. 어머니의 환한 웃음은 생명 넘치는 붉은 입술과 함께 묘한 고요를 빚어내줍니다. 광고에 흔히 나오는 여성성이 강조된 붉은 입술과 달리 힘과 생명, 그 원초성을 느끼게 해주는 입술입니다.

이 점이 에밀 놀데의 성탄 그림이 다른 모든 성탄 그림과 다른 자리에 있게 해주는 지점입니다. 제가 알기로 어떤 성탄 그림도 이처럼 피도

에밀 놀데(Emil Nolde), 〈Holy Night〉, 1912, 에밀 놀데 재단 소장

씻기지 않은 아기 예수, 붉은 입술의 마리아 혹은 이와 유사한 묘사를 한 것은 없습니다. 덕분에 생명의 원초성, 하느님이 사람 아기로 오심이 잊을 수 없는 선명함으로 우리에게 새겨집니다.

한밤의 어둠에도 빛은 스러지지 않는 듯 밤하늘은 신비스러운 푸른 빛이 출렁이고 밝게 빛나는 큰 별과 함께 무수한 별들이 반짝입니다. 이 푸른 밤하늘 아래 가난한 목동들이 허겁지겁 이곳을 향해 걸어오고, 나귀는 온순하게 자신의 자리를 지킵니다. 그렇습니다. 사방은 캄캄한 어둠의 벽으로 둘러싸여 있습니다. 그 캄캄한 어둠의 벽 안에서 모든 생명의 생명이신 아기가 탄생한 것이지요. 어떤 어둠 속에서도 생명은 결코 스러져본 적이 없습니다. 어둠 속에서도 생명을 잉태하고 키우는 생명의 어머니들이 있습니다.

성경에서처럼 요셉은 뒷배경에서, 조용히 이 생명에서 느껴지는 이해할 수 없는 비범함과 아내의 손안에 있는 지극한 평범함을 지긋이 바라볼 뿐입니다. 생명은 이해하기보다 먼저 느껴져야 합니다. 생명의 기운이 막혀 있으면 펄펄 살아 뛰는 생명이 내 앞에 있어도 결코 느낄 수 없습니다. 마리아처럼 놀라움과 기쁨에 두 손으로 치켜들고 바라볼 수 없습니다. 나귀처럼 온순히 자리를 지키거나 목동들처럼 헐레벌떡 달려올 수 없습니다. 계산하고, 앞뒤를 재고, 망설이고, 분석하는 동안 생명의 힘은 자신이 가야 할 곳으로 옮겨가고 헛된 바람만 가슴에 휘몰아쳐, 세상은 허무하고 의미 없다고 한숨짓게 됩니다. 그 생명을 경외하듯 바라보는 요셉의 입술도 붉습니다. 환희에 가득 찬 마리아, 그 환희로 오히려 촉촉한 요셉의 눈이라니, 작가의 해석이 참 놀랍습니다.

생명은 머나먼 곳, 위대한 곳, 생각지도 못한 곳이 아니라 바로 우리 곁, 내 안에 둥지를 틀고 있습니다. 그 생명을 보기 위해서는 단지 내 생명이 언제나 늘 새롭게 태어나야 할 뿐입니다. 육체적으로 한정되는 생명과는 달리 이 생명은 낳고 또 낳아야 지속됩니다. 늘 새롭게 낳을 때 이 여인처럼 높이 치켜들어 생명의 주인께로 되돌려 드릴 수 있습니다. 그렇지 않을 때 마치 제 것인 양 착각하고 소유하려 들거나 마음대로 처분하고자 하게 됩니다. 그러면 생명은 점점 고갈되어 경이로움과 기쁨은 마르고 회의와 절망과 의심만이 남아 살아 있어도 죽은 것 같은 육의 생명만을 유지하고 맙니다.

우리 모두는 생명의 어머니가 되어야 하는 존재들입니다. 생명을 낳으면 생명이 소진되는 것이 아니라 자신의 생명이 더 풍요로워집니다. 우리를 갉아내려 허무로 잡아당기는 힘이 끝없이 출렁이는 허무의 바다에서 표류하는 우리를 구하는 것은 우리 육의 생명이 아니라, 내 안에 있으면서도 나의 것이 아닌 생명, 참 생명이 새롭게 태어나게 하는 것입니다.

이 참 생명이 이미 우리 안에 육이 되어 오셨고, 우리의 참 빛이 되었음을 이 여인은 자신의 기쁨을 통해 선포합니다. 이 참 생명은 우리 안을 결코 떠나는 법이 없습니다. 우리가 이 참 생명을 낳는다고 할지라도 출산 후에도 이 생명은 여전히 우리 안에 있어 우리 안의 참 생명 그리고 이 생명을 살아감으로써 잉태하고 낳은 생명, 이 둘은 안과 밖에서 서로 화답합니다. 이 여인의 몸짓에서 생생히 전달되는 기쁨이 바로 위와 같은 기쁨입니다. 생명은 홀로 외롭게 견뎌내는 것이 아니라, 생명끼리의 조화이고 일치이며, 여기서 흘러넘치는 풍요로움이요 기쁨입니다. 요셉과 마리아의 저 기막힌 표정처럼…….

내어주는 생명

〈고루환희도(骷髏幻戲圖)〉. 이 그림은 10~13세기 송대 이숭(李嵩, 1166~1243)이라는 화가가 그린 것으로, 한자를 먼저 살펴보면 해골고, 해골루, 헛보일환, 놀이희, 그림도로 이루어졌습니다. 그러니까 해골을 가지고 노는 놀이인데, 헛보일 환자가 들어가 이것이 현실인지, 환상인지 모르겠다는 뉘앙스가 깔려 있습니다. 이 그림은 황위펑(黃玉峰)이란 중국인이 방송에서 해설한 것을 다시 『시는 붉고 그림은 푸르네』라는 책으로 엮었는데, 그 속에 나오는 그림 중 하나입니다. 한 학생과 대화체로 풀이하는 그림 해설에서 그는 "어렴풋하고 몽롱하고 모호하지만 알 것 같기도 해요"라고 학생의 입을 빌어 말합니다. 중국 회화를 잘 모르는 저의 무식함을 전제로 하고, 동양화라 일컫는 그림 가운데 이와 같은 주제를 다루는 그림은 이것이 유일하지 않을까 싶습니다.

그리스도교 전통 속에서 접하는 죽음에 대한 이미지와는 참 다릅니다. 저는 어디서도 죽음을 놀이로 표현하는 그림이나 글을 접해본 적이 없습니다. 죽음이 삶의 자리에 너무도 가까이, 눈앞에 와 있다고 해도 죽음과 삶을 장자처럼 하나라고 보지 않습니다. 죽음은 죽음, 그 엄연한

이숭(李嵩), 〈고루환희도(骷髏幻戲圖)〉

현실 앞에 페스트 창궐 후 서양사람들은 죽음을 묵상하고 또 묵상하며, 온갖 그림과 글을 남겼는데, 이 그림과는 다르게 소름이 돋게 할 정도의 무서운 현실로 그려냅니다. 죽음의 독침, 십자가 위 예수의 처절한 죽음의 현실은 죽음을 결코 가볍게 볼 수 없게 합니다. 그렇다고 죽음이 삶과 분리되어, 인간이 결코 극복할 수 없는 어떤 절대적인 힘이라고 여기지도 않습니다. 오히려 죽음으로써만 생명을 얻을 수 있고, 부활은 죽음을 이기고 환한 빛으로 터집니다.

이 그림에 대한 작가의 해설을 잠시 소개하면, 그림 위에 반쯤 가린 '오리(五里)'라고 적힌 표지는 교외에 세우는 경계석이며, 그림 앞에 보이는 여러 가지 물건이 담긴 상자 같은 것으로 보아 기예를 팔아 생활하는 우리나라로 보자면 남사당패 같은 사람들이라고 합니다. 검은 모자를 쓴 해골과 젖을 먹이는 젊은 엄마는 분위기로 보아 같은 패에 속한 이들이 아닌가 싶습니다. 젊은 엄마는 통통한 몸과 풍만한 가슴에 튼실한 아기까지 생명이 넘쳐 보입니다. 그런데 바로 그 옆에 거의 몸이 부딪치듯이 마치 서로 가까운 사이, 심지어 부부 사이기라도 한 듯 해골이 앉아 있습니다. 해골이 마치 살아 있는 사람인 듯 해골 장난감을 갖고 놀이를 합니다. 호기심에 찬 아이가 그 해골을 향해 손을 뻗치며 기어가고, 그런 아기를 동네 사람인 젊은 엄마가 허겁지겁 달려가 잡으려고 합니다.

생명의 세계 안에 공존하는 죽음의 그늘, 생명을 향한 움직임과 죽음을 향한 움직임은 우리 안에 늘 함께 있습니다. 육체적 죽음이야 우리의 선택에 달린 것이 아니라 할지라도, 영적 생명에서 삶과 죽음은 우리의 선택과 은총이 함께 협력한다는 사실이 큰 위로가 아닐 수 없습니다. 죽음을 우리의 힘으로 함부로 할 수 없다는 엄연한 사실, 하지만 우리가 생명을 향해 나아갈 수 있다는 희망찬 사실 이 두 가지는 분리되어서는 안 될 현실입니다. 이런 의미에서는 삶과 죽음이 하나라고 할 수도 있습니다. 나무는 가을이 되면 잎을 떨구어야 생명을 키워갈 수 있고, 낡은 세포가 죽어야 새 세포가 생겨나듯 우리는 죽음을 통해서만 생명으로 나아갈 수 있습니다. 그것이 삶의 법칙임을 깨달을 때 나의 삶은 나의 것이 아니라, 모두를 향한 것임을 진정으로 깨닫게 됩니다. 그리고 자신의 생명은 자신의 것이 아니기에, 타인을 위해 자신의 생명을 내어놓게 됩니다. 이렇게 얻게 된 생명은 하늘 생명에 근거를 둔 새 생명입니다. 죽음을 거친 생명은 죽음도 침범하지 못하는 생명, 이미 지상에서도 하늘 아버지의 생명, 내어주는 생명을 살아갑니다.

마지막 길

그림을 한참 들여다보지 않으면 이 그림 속에 상여 행렬이 있다는 사실을 눈치채기 어렵습니다. 쏙 들어온 작은 만을 완만한 들녘과 해안가 바위들이 둘러싸고 있어 아늑하고 포근한 느낌을 받기 때문인지도 모르겠습니다만, 그림의 전체적 느낌이 스산하지 않은 것이 가장 큰 이유일 것입니다. 물론 그림의 제목을 먼저 본 사람이면 쉽게 알아차릴 수도 있겠지요.

"죽음아, 하느님을 찬미하여라"라고 노래 부르고 싶게 하는 그림입니다. "너어-허어허 너어-허어-허 너화 넘자 너어-허" 만가 소리가 구불구불 배어 나옵니다. 가을걷이 끝난 겨울의 밭자락, 푸른 빛을 낼 만한 것이라곤 소나무밖에 없는데 그 소나무마저 밭 색깔과 별반 다르지 않습니다. 가을걷이 끝난 비탈진 밭에는 마른 줄기 하나 남지 않았고, 바싹 마른 풀잎과 대지, 찬 겨울바람도 멎어버린 듯한 마치 정지화면 비슷한 초겨울의 풍경이 이상하게도 스산하지 않습니다. 정지화면 속에 작디작게 그려진 상여행렬만이 움직이는 듯합니다.

구불거리는 밭길, 활처럼 휜 바닷가, 맨 앞쪽 엄마 젖 같은 무덤 두

김호원, 〈마지막 길〉, 75×61cm, 1996

개, 느리게 움직이는 상여행렬, 굽이굽이 돌아가 떠나가는 마지막 길을 이 모든 것이 함께 바라보며 배웅하는 것 같습니다. 모든 것이 더불어 이 마지막 길 위에 있는 것 같습니다. 마지막 길도 함께라면 덜 적막할 것 같습니다.

마지막 길이 철두철미 고립무원, 소외, 절대적 분리가 아님을 아는 이는 죽음도 새롭게 볼 수 있습니다. 이 그림 속에도 역시 죽음으로 인한 애잔한 슬픔이 저 밭길처럼 구불구불 흐릅니다. 하지만 슬픔과 설움, 고통이 이 그림을 짓누르지 않습니다. 마지막 길인 줄 알면서도 저 길 따라 함께 가보고 싶은 생각마저 들게 합니다. 봄, 여름, 가을이 지나고 겨울이 되면 산천초목이 저리 삭아버리듯 우리 몸도 사그라드는 것이 자연의 한 부분임을 그 단순한 진리가 맹렬한 두려움으로 휘감는 일 없이 단순하고 당연하게 다가옵니다.

묘하게도 이 그림 속에는 죽음의 허무가 아니라 그리움이 출렁거립니다. 고요함과 움직임이 서로 부딪치는 일 없이 함께 너울거립니다. 옅은 황금빛으로 조용히 일렁거리는 바다와 그보다 더 환한 저 너머 하늘은 마치 이 세상을 넘어 다른 세상을 비춰주는 듯합니다. 번쩍이거나 짙지 않되 다른 빛이 함부로 넘나들 수 없는 어떤 위엄을 느끼게 해줍니다. 그러면서도 그냥 거기에 분리되어 있지 않고 오히려 이 갈색 대지를 물들여 올 것 같습니다.

하늘, 천국, 저세상, 저승 등으로 묘사되는 죽음 너머 세상은 결코 눈앞에 보이지 않습니다. 그래서 무시하고 잊으면서 영원히 살기라도 할 것처럼 맹렬하게 이 지상의 부와 명예를 쌓으며 살아갑니다. 그런 우리 앞에 고요히 빛나는 바다는 말을 걸어옵니다. 눈에 보이는 모든 것이 끝은 아니라고……. 그림 맨 앞 엄마 젖 같은 무덤은 죽음이 곧 생명으로 이어짐을 말없이 한구석에서 이야기해주는 것 같습니다. 죽음이, 죽음의 문화가 승리하는 세상, 어린 가수들의 비디오에는 폭력, 살인, 퇴폐적인 성이 찬양되고 어린 학생들은 이것을 보고 정신이 나가도록 매료됩니다. 공공연히 죽음의 정신을 숭상하는 이 시대에 참된 죽음의 의미가 새롭게 인식될 필요성이 절박하게 느껴집니다.

죽음과 죽음을 부르는 폭력은 어떤 이유로도 추구하거나 찬양해서는 안 됩니다. 그것은 인간성을 파괴합니다. 고독사를 떠올려보시기만 해도 쉽게 알 수 있지 않은지요. 고독사에는 눈에 보이는 폭력은 없지만 무관심의 폭력이 있습니다. 가족의 죽음으로 삶이 바닥에 이른 이들, 감기처럼 흔한 암의 불확실함 앞에 두려움으로 떠는 이들, 전쟁 중인 나라에서 공포로 텅 비어버린 아이들의 눈망울들, 이런 가슴 저리는 표징도 죽음의 거짓 문화에 젖어 든 이들의 굳은 가슴에 실금조차 내지 못하고 있습니다. 그러나 오늘도 세상 곳곳에는 새로운 생명의 탄생을 알리는 울음소리가 우렁차게 울리고 온갖 생물이 새롭게 피어납니다. 그리고 우리의 세포는 지금 이 순간에도 수없이 죽어가고 노인들은 생명의 마지막 길을 오르고 있습니다. 이 장엄함이 이 그림 속에 펼쳐지고 있습니다.

4장

그의 약함은 하느님의 도구

기묘한 자화상

이 그림의 주인공은 누구일까요? 아무 설명 없이 처음 보았을 때 저는 예수님을 그린 것이라고 느꼈습니다. 아마도 이렇게 느낀 이유는 정면 모습을 똑바로 그린 그림은 일반적인 자화상이나 초상화에는 없고, 통상적으로 예수의 모습 중에 그런 것이 많기 때문입니다. 그런데 예수로 짐작되는 그 모습이 기름 발라 단장한 듯한 머리카락과 모피 외투, 잘 다듬은 콧수염 등 내가 아니 우리가 아는 예수님과는 도무지 양립할 수 없을 것 같은 요소들에 고개가 절로 돌려져 두 번 다시 보고 싶지 않다는 생각까지 들었던 기억이 있습니다. 그런데 이런 느끼한 모습과는 달리, 바라보는 눈은 무척 인상적이었습니다. 나를 꿰뚫고 넘어 저 멀리 다른 세상을 바라보는 듯한 눈동자! 피해서 돌아가도 뒤돌아보면 다시 그 자리에 있을 듯한 느낌! 어쨌든 묘한 그림이라는 인상만 지닌 채 뒤로 넘겨버렸던 그림입니다. 그런데 이 그림을 다시 돌아볼 기회가 우연히 생겼습니다. 아래의 해설을 어디선가 접하면서 이 그림 앞에 다시 마주 앉게 되었습니다.

알브레히트 뒤러(Albrecht Dürer), 〈Self Portrait at 28〉, 1500, 뮌헨 알테 피나코테트 미술관 소장

20세기 초반 이 그림의 눈 한복판 동공, 정확하게는 홍채에 누군가 핀으로 상처를 냈다고 합니다. 그렇다고 완전히 뻥 뚫어버린 것도 아니고 핀으로 교묘히 홍채에만 상처를 입혀버렸습니다. 이 묘한 핀 구멍 하나가 이 그림을 아주 다르게 만들었는데, 그 뚫을 듯한 눈이 멍하게 생기를 잃은 모습으로 돌변해버렸다고 합니다. 범인은 잡히지 않았는데, 아마도 그는 화가 뒤러 혹은 예수의 눈을 망가트리고 싶었던 것 아닐까요. 아니면 저처럼 본인의 자화상을 예수님 초상으로 착각하고 이상한 예수님 모습을 망가트려 놓고 싶었던 걸까요? 범인이 이 그림을 뒤러로 보았든, 예수로 보았든 교묘하게 날카로운 핀으로 홍채에만 상처를 입힌 점으로 보아 이 도발적인 눈빛을 꺼버리고 싶었던 것만은 확실해 보입니다. 다행히도 그림은 원상복구되었다고 합니다.

나를 꿰뚫어 보는 누군가의 앞에 서면 어떤 느낌을 받는지요? 두려움? 당혹감? 수치심? 하지만 아주 다른 걸 느낄 수도 있습니다. 나를 뼛속 깊이까지 아는 그런 사랑을 느낄 수도 있습니다. 사랑하는 연인들끼리의 눈빛은 철판이라도 뚫을 듯하지 않나요? 그럼에도 그런 연인의 눈빛을 두려워하지는 않습니다.

누가 나를 속속들이 알 때 두려운 것은 그 사람에게 나의 부끄럽고 숨기고 싶은 부분이 드러난다는 사실일 것입니다. 더 나아가 그것들을 덮거나 치유해주기는커녕 비웃고 우습게 여기거나 심지어 벌을 줄 수도 있다고 느끼기 때문입니다. 밉고 험하고 상처 입은 것을 보면 우리는 혐오감부터 느낄 뿐 연민과 사랑이 솟아나지는 않습니다. 자신의 치부를 스스로 드러내는 사람은 거의 없습니다. 영적 상담자에게 모든 것을 고백해야 하는 수도원의 수련자도 어느 정도까지는 자신의 약함을 스스로 드러내지만 가장 밑바닥은 삶의 회오리 속에 휘말려 어쩔 수 없이 드러나는 순간이 되어서야 고백하는 법입니다. 같은 사실일지라도 이 밑바닥에서 느꼈던 생생한 느낌, 고통, 두려움은 그것을 내뱉기 위해 그러한 때가 있으며 어떤 도움을 필요로 하기도 합니다.

만약 이런 때 자신의 밑바닥에 의심에 찬 심판의 눈길을 받는다면 이 사람은 두려움에 떨게 될 것입니다. 그러나 누군가가 한없이 따스한 눈길을 쏟아준다면 그는 부끄러움을 잊고 자신의 약함으로부터 해방되는 자유를 맛볼 수도 있습니다.

아마도 이 그림에 구멍을 뚫은 사람은 이 꿰뚫을 듯한 눈길이 잠자리까지 따라와 더는 견딜 수 없는 두려움을 지워버리려 하지 않았을까 짐작해봅니다. 자신의 약함에 이해의 눈길을 받아본 적이 없는 사람은 늘 무엇인가에 쫓길 수밖에 없습니다. 약함이 드러나지 않게 안간힘을 쓰며, 약함이 드러날 수밖에 없을 때는 이 사람처럼 무엇인가를 파괴하는 일도 저지를 수 있습니다. 느낌을 넘어 자신 안에서 괴물이 되어버린 두려움이 늘 자신을 뒤쫓아오기 때문입니다. 괴물이라면 물리쳐야만 하는 것이지요. 그러나 이 괴물은 환상입니다.

그런데 이 그림의 바라봄은 사랑의 응시인지 심판의 엄한 잣대인지 정답이 없습니다. 사실 보는 이의 마음에 따라 열려 있는 눈길 같습니다. 뭐라 한 가지로 단정할 수 없는 이 눈길이 이 그림을 수백 년이 지나도 도발적인 그림으로 다가오게 합니다. 이 그림을 한참 응시하노라면 이 눈빛은 결코 예수님의 것이 아니라는 사실이 느껴져 옵니다. 화가 역시 이것을 자화상으로 그렸을 뿐이지, 예수의 모습으로 그리지는 않았습니다. 한 인간의 도발적 시선, 삶의 현장 안에서 상사와 이웃, 친구가 던지는 시선 앞에 우리는 늘 자신의 어떤 부분이 드러납니다.

많은 경우 그 시선은 우리 자신이 생각하는 것처럼 미움, 분노, 시샘 같은 한 가지 감정이라기보다 쉽게 단정 지을 수 없는 열린 시선이 더 많습니다. 이에 반응을 일으키는 내 마음의 상이 상대의 시선을 그런 식으로 고정해버리는 경우가 더 많습니다. 말하자면 내 마음에 따라 상대의 시선은 달라질 수도 있다는 것이지요. 이렇게 열린 세상을 살아가는 것을 즐겨보는 것, 마음먹기에 따라 달라질 수 있는 세상, 신명 나지 않나요? 더 나아가서는 나의 바라봄이 상대의 바라봄을 누그러뜨리거나 부드럽게 바꿀 수 있는 세상도 있습니다.

이 그림이 자화상이 아니라 예수님을 그린 것이라면 묵상해볼 생각조차 하지 않았을 것입니다. 이 그림이 예술적으로 가치가 없기 때문이 아닙니다. 도발적일 만큼 꼿꼿한 자세, 꿰뚫을 듯한 눈 등 사람을 끌어당기기에 충분히 멋진 그림입니다. 하지만 예수님이 이런 모습이라고 상상하기는 어렵습니다. 아무리 꿰뚫을 듯한 눈이라고 하지만 그것은 한 인간의 눈빛이지요. 그의 꼿꼿한 자세가 도발적이어도 예수님을 담기에는 도무지 그럴듯하지 않습니다. 차라리 렘브란트의 초라하디 초라한 윤곽조차 뚜렷하지 않은 모습에서 예수님의 예수님다움을 더 느낄 수 있습니다. 역사적으로도 이 그림은 아주 상반된 평가를 받았습니다. 성화로 오인되어 제단을 장식했는가 하면 철두철미한 자기애의 결과물이자 신성모독이라고까지 비판받기도 했습니다. 이렇게 도발과 의문을 불러일으키는 것만으로도 이 그림은 잘 그려진 명화 중 하나로 인정해야 할 것입니다.

침묵에 휩싸인 이 초상, 자신을 그린 자화상. 왜 뒤러는 자화상을 이렇게 장대하게 그렸을까요? 사실 그는 종교화를 상당히 많이 그린 사람입니다. 단순한 자기 망상증 예술가의 치기는 결코 아니라는 것입니다. 그의 종교화들은 전통적 스타일에서 그다지 벗어나지 않았으며, 그의 초상화들보다 많은 관심을 받지는 않았습니다(책 삽화용 판화가 당시 인기가 있었습니다). 수난받는 예수의 모습이나 욥과 아내의 그림에서 벌거벗고 쭈그린 욥의 모습은 사람의 마음을 파고드는 생생함이 있습니다. 또 하나 논란이 된 뒤러(Albrecht Dürer, 1471~1528)의 다른 자화상에는 "나의 사명은 높은 곳에서 주어진 것이니"라는 글귀가 새겨져 있습니다. 많지는 않지만 이런 정보를 염두에 두고 자화상을 다시 봅시다.

그의 잘 손질한 머리카락과 얼굴과 몸 반쪽이 빛을 받아 투명할 정도로 빛을 냅니다. 모피 외투와 그것을 만지는 손, 캄캄한 오른쪽과 달리 그의 왼쪽(앞에서 볼 때) 전체가 빛을 발합니다. 그림의 배경은 칠흑같은 어둠 속입니다. 캄캄함을 뚫고 들어온 빛줄기가 이 인물을 비춥니다. 캄캄함을 아는 사람, 자신이 캄캄함 가운데 있음을 아는 사람입니다. 여기서 그치지 않고 그 한복판으로 빛이 들어옴도 압니다. 그는 빛을 받은 자신, 위로부터 빛을 받은 자신을 그리고 싶었던 것은 아닐까요?

캄캄함의 체험은 그에게 삶의 절반 혹은 그 이상일 수도 있었을 것입니다. 그 속에 앉아 있는 고독한 한 인간. 이 그림도 한참 보고 있으면 고독이 손에 묻을 듯 진하게 배어 나옵니다. 그는 캄캄한 만큼 타는 목마름을 맛본 사람으로 보입니다.

그의 또 다른 자화상에 벌거벗은 전신의 모습을 그린 것이 있습니다. 흑백 톤으로 튀어나올 듯한 눈망울과 음경이 젊고 거칠어 보이는 그의 몸과 함께 보는 사람에게 질문을 던집니다. 이 그림의 배경 역시 온통 칠흑입니다만 여기서는 사람 몸을 비추는 자연의 빛만 있습니다. 도무지 주위 세상과는 어울려 살 수 없을 듯한 거칠고 고독해서 보는 사람의 가슴까지 서늘하게 하는 시선을 던집니다.

이 두 자화상 모두 그림을 보는 사람이 자신을 뚫어보는 듯한 느낌을 줍니다. 이 그림들에서 시선은 자신을 보는지 타인을 보는지 잘 구별되지 않습니다. 그리고 눈길은 무엇인가를 작정하고 꿰뚫어 본다기보다 그저 앞에 누군가 있으니 볼 뿐인 것 같습니다.

혹시 그는 자신과 주위를 감싼 어둠을 한 빛이 비추고, 그 비추는 빛 안에서 자신도 이웃도 아닌 예수님을 보고 싶었던 것일까요? 누구도 정답을 알지 못합니다. 어쩌면 그 자신도 몰랐을지도 모릅니다. 지금 우리처럼……. 우리가 보는 자신, 이웃을 통과하지 않고 예수님께로 가닿을 수 없으니 말입니다. 오직 자신만 볼 때, 오직 타인만 볼 때 자신에게 함몰되었거나 타인에 휘말릴지도 모릅니다. 나 안에서 타인을, 타인 안에서 자신을 볼 수 있는 열린 눈, 그런 눈으로야 볼 수 있는 빛이 있습니다. 도발적이어서 닫히지 않고 열린 시선입니다.

맨발의 톨스토이

러시아를 대표하는 사실주의 화가 일리야 레핀의 그림입니다. 대부분 사람은 첫눈에 톨스토이임을 알아보았으리라 생각합니다. 톨스토이의 사진이 꽤 많이 알려졌으니까요. 그런데 저는 좀 엉뚱한 방향으로 그림에 접근해보고 싶은 충동이 생깁니다. 그 접근방식이란 제가 톨스토이 사진을 한 번도 접한 적이 없어, 이 그림이 누구를 그린 것인지 모르는 상태라는 가정하에 한 번 다가가 보는 것입니다.

첫인상은 굉장히 위대한 인물일 것이라는 강한 느낌과 함께 단지 일이나 업적에서 성공한 위대함 혹은 인격적 성숙만이 아니라, 어떤 종교적 걸출함까지 느껴지게 하는 풍모입니다. 한마디로 참 대단한 인물임이 틀림없습니다. 이제 대단함의 면면을 느껴지는 대로 살펴보겠습니다. 눈빛이 종이를 뚫는다는 말이 있는데 이 인물이 그렇습니다. 욕망 따위는 다 내려놓은 무심한 눈빛이 딱히 어디 혹은 누군가를 바라보지 않는 것 같기도 하지만, 종이가 앞에 있다면 뚫어버릴 것 같습니다. 욕망 따위라고 말해야 할 것 같은 느낌이 절로 들지요. 어찌 보면 아무것도 담지 않으려는 욕망 하나만 남은 것처럼 보입니다. 저 앞에 서면 속

일리야 레핀(Ilya Yefimovich Repin),
〈Lev Nikolayevich Tolstoy〉, 1901,
푸시킨 미술관 소장

이 훤히 다 보일 것 같아 웬만한 사람은 지레 오금이 저릴 것도 같습니다. 당연히 엄청난 직관력을 번뜩이며 삶의 온갖 이치에 혜안을 갖춘 사람으로 많은 이의 존경을 받으리라 짐작됩니다.

그런데 그 뚫을 듯한 눈을 지긋이 한참 바라보노라니 마치 살아 있는 사람처럼 눈동자에서 깊이 모를 우물 같은 고독과 외로움이 전율로 다가옵니다. 그러나 이 우물은 우물 밖의 것을 삼켜버리는 그런 우물이 아니라, 자신 안으로 한없이 깊어지는 그런 우물로 느껴집니다. 삶의 온갖 고난 속에서 초월적인 현실의 깊이에 닿은 그런 깊음이 다가옵니다. 그러면서도 인간적으로도 깊은 고뇌와 우울을 품었으리라고 짐작하게 해줍니다.

그다음 들어오는 것은 맨발입니다. 양말을 벗고 맨발로 땅을 디뎌본 사람은 저 그림 속 사람의 심정을 어느 정도는 이해할 수 있겠지요. 물론 발을 보니 늘 맨발로 신발도 없이 살았던 사람은 아닙니다. 맨발로 사는 인도의 수도승을 만난 적 있는데, 발바닥이 거의 신발 내지는 짐승의 발 같은 모습으로 변한 것을 본 적이 있지요. 땅의 감촉, 땅과 하나 되고 싶은 마음, 벌거벗고 싶은 마음 등이 담겨 있을 듯합니다. 손과 발을 보면 결코 농부 신분은 아니며, 주머니 속 책은 짐작건대 늘 몸에서 떼지 않고 넣고 다니는 성경이 아닌가 짐작합니다.

이 인물은 깊은 종교심과 그 종교심에 이르기까지 격렬하게 자기와 싸운 사람, 그리고 깊은 상처의 흔적이 아직 몸에 남아 있는 사람으로 제게 다가옵니다.

이제 왜 이 그림을 톨스토이가 아닌 모르는 사람이라 생각하고 보았는지 이유를 설명할 차례입니다. 톨스토이는 상당히 대립적인 양면을 내면에 지니고 살았던 인물로 아내인 소피아와 불화도 유명한 이야기로 잘 알려졌습니다. 덕분에 소피아는 대표적인 악처로 알려졌지만 톨스토이를 연구한 이들은 또 다른 면도 이야기해줍니다. 그의 후기 작품들은 『사람은 무엇으로 사는가』, 『사랑이 있는 곳에 신이 있다』, 『세 가지 질문』 등 정말로 깊이 있는 통찰과 하느님 사랑에 대한 은유로 가득한 작품을 남겼습니다. 자기 재산을 다 내어놓으려 하자 아내와 결정적으로 부딪치고, 직접 농노의 일을 하고, 그런 복장으로 살았던 사람으로 결국 아내와 불화를 견디지 못해 집을 나가 작은 기차역에서 생을 마감하는 소설 같은 생을 살았던 인물이지요. 도덕가, 사상가, 소설가, 시대를 앞서가는 인물로 당대에 이미 굉장한 존경을 받았던 인물입니다.

물론 이렇게 대단한 인물이지만, 톨스토이를 한 사람의 성인으로 만들어놓은 듯한 좀 미화된 느낌을 받기도 했습니다. 일리야 레핀은 그 당시 러시아 사람들, 특히 서민의 아픔을 너무도 리얼하게 우리에게 전달해주는 사실화의 대가 중 대가지요. 〈이반 뇌제와 그의 아들〉, 〈아무도 기다리지 않았다〉, 〈볼가강의 배를 끄는 인부들〉 같은 그의 그림은 현실을 우리 마음 안에 그대로 가져다놓는 혹은 우리가 그 현실 안에 있는 것 같은 착각마저 일으키게 하는 힘이 있습니다. 그런 그가 톨스토이에게만 어떤 다른 잣대를 사용했나 하는 의문이 들었지요.

하지만 좀 더 시간을 두고 그림을 보면서 노년의 톨스토이 모습이 부각된 것은 사실이나, 그 눈빛에는 또 다른 그림자가 설핏 지나가는 것을 느낄 수 있었습니다. 어려서 연달아 어머니와 아버지를 잃고 살아온 격렬한 성격의 소유자, 자신 안에 상처가 있기에 농노들의 삶에 깊은 연민을 지녔던 사람, 귀족 신분이면서 스스로 밭을 갈고 농사를 짓고 재산을 나누어주자 오히려 농노들이 이해하지 못했던 시대를 앞서갔던 인물, 그 모든 삶의 양면성, 자기 성격의 격렬함, 자신의 이상을 이해해주지 못하는 가족 특히 아내에 대한 양가감정, 세상에 대한 연민, 시대의 모순에 대한 아픔 등을 종교적 체험을 통해 수렴해간 한 인물이 떠오르게 해줍니다. 그럼에도 어릴 적 상처 때문인지 아내의 몰이해를 견디지 못하고 집을 나가버리는 강렬한 성격의 소유자, 그리고 죽음마저 가족도 없이 홀로 고독하게 맞은 이해하기 쉽지 않은 인물을 우리 앞에 턱 다가오게 해주는 그림입니다. 역시 일리야 레핀이라는 말이 나오게 합니다.

일리야 레핀의 그림은 황량함과 동시에 따뜻함이 느껴집니다. 서로 모순되는 두 가지가 오히려 작품이 사람 마음속으로 파고들게 합니다. 그리는 대상에 대한 한없는 연민과 바로 옆에 있는 것 같은 사랑이 느껴지게 해주지요. 러시아의 영혼을 그렸다는 평을 받는 그의 솜씨가 유감없이 발휘된 작품 중 하나로 톨스토이를 마치 마주 대하듯 우리 앞에 데려다 놓습니다.

이반 뇌제와 그의 아들 이반

몇 번의 테러로 그림이 손상되는 화를 입은 경력이 있는 그림입니다. 그만큼 강렬하지요. 일리야 레핀 생존 당시에도 이미 극단적 민족주의자가 그림을 칼로 그었는데 다행히 이반 뇌제의 눈은 건드리지 않았고, 레핀이 그림을 원상으로 복구했습니다. 이 그림은 역사적 배경을 잠시나마 일별할 필요가 있습니다. 역사적 사실을 토대로 했기 때문입니다. 그것도 우리와는 머나먼 거리에 있는 러시아 역사 속 이야기니까요.

뇌제라는 이름은 뇌가 '우레 뇌(雷)' 자니, 이름만 들어도 그의 성품이 어떤지 짐작됩니다. 16세기 러시아에 차르라는 칭호를 처음 사용한 러시아 황제로, 어려서 부모가 독살되는 등 험한 정치적 환경에서 자라 의심이 많고 폭군적 성향이 강한 황제였습니다. 능력 있고 똑똑한 자신의 첫째 아들인 황태자와 전쟁을 함께 치르곤 했지만, 여러 사건에서 아들과 방향이 같지 않고 정치적 배경도 작용해 긴장관계를 유지했습니다. 단순히 미움의 감정만이 아닌 애증으로 얼룩진 양가적 감정을 지녔던 듯합니다. 황제는 험난한 상황 속에서 자신을 보호할 무리가 필요했고, 그래서 황제근위대를 창설해 여기에 막강한 힘을 실어주었으며, 귀족들

일리야 레핀(Ilya Yefimovich Repin), 〈Ivan the Terrible and His Son〉, 1581, 트레티야코프 미술관 소장

의 땅을 빼어 근위대에 속한 이들에게 주었습니다. 아들 이반은 한쪽에만 지나친 힘을 실어주는 이 방식에도 반대했습니다.

어떤 역사 기록에는 황태자의 세 번째 아내(첫째, 둘째 아내는 황제가 수도원으로 보냈다고 함)의 방에 황제가 들어갔는데 옷을 세 겹으로 입어야 하는 황실의 규칙을 어기고 한 겹의 옷만 입은 것을 보고 격분해 임신한 황태자비를 때리려고 했답니다. 아들 이반이 이를 말렸으며 흥분한 황제가 쇠지팡이로 머리를 내리쳐 그림과 같은 상황이 발생했다는 기록도 있으나 사실 여부는 확실하지 않습니다. 어쨌든 아버지 황제와 아들 황태자 사이에 어떤 비극적인 일이 있었던 것만은 사실인 듯합니다.

과거든 현재든 정치의 장이란 인간의 가장 큰 욕망이 부딪히는 곳이라 비극적 사건이든 치사한 사건이든 어떤 일이 일어나도 별로 놀랍지도 않은 게 사실입니다. 그러나 아버지가 아들을 죽이고, 후회와 고통 그리고 설명하기 쉽지 않은 감정에 휩싸여 제정신을 잃을 지경이 된 장면은 말을 잃게 만듭니다.

위의 이야기를 바탕으로 그려진 이 그림 속으로 들어가보겠습니다. 무엇보다 황제의 부릅뜬 눈은 사방 어디서 보아도 보는 이를 향하는데, 레핀이 의도적으로 그렇게 그렸다고 합니다. 당장이라도 툭 튀어나올 듯한 눈동자는 "정말 죽이려던 것은 아니야. 누구든 어떻게 좀 살려봐. 내가 돌았었나 봐" 등 온갖 감정이 번뜩이며 전광판을 스치듯 휙휙 지나가는 느낌이 들게 합니다. 실제로 이반 뇌제는 이 후계자 아들을 죽임으로써 표도르라는 병약한 아들이 뒤를 이었고 이는 류리크

왕조의 몰락을 자초했습니다. 피가 철철 흐르는 아들의 머리 상처를 필사적으로 막는 이반 뇌제의 소용없는 몸짓은 아들의 죽음과 더불어 러시아의 미래마저 암울하게 한 상징으로 보입니다. 쓸모없는 만큼 더 처절한 마지막 몸부림처럼 보입니다.

그래서 아들의 복장과 달리 이반 뇌제에게는 아무런 장식도 없는 검은 옷을 입혀놓았습니다. 잔혹한 근위대의 복장이 검은색이었습니다. 화려한 장식의 방과 양탄자, 아들 이반의 고운 옷과 정교하게 수놓은 신발과는 너무 대조적인 상복을 넘어 죽음의 사자 같은 느낌을 주는 옷입니다. 아들은 무고한 희생자라는 것을 레핀은 강조하고 싶었던 듯합니다. 옅은 장밋빛이 도는 고운 옷과 아버지에 대한 원한 같은 것은 남지 않은 듯한 평온한 마지막 얼굴이 그리 보이게 만듭니다. 아들 이반 역시 능력이야 있었는지 모르겠지만 아버지를 닮아 방탕하고 포악했다는데, 이 그림에서는 상당히 의도적으로 미화한 것으로 보입니다. 작품은 사진처럼 사실 그대로만 그리는 것은 아니지만, 그래도 그 미화의 이유가 무엇일지 알아보기 위해 일리야 레핀이 살았던 시대로 다시 들어가보아야 할 것 같습니다.

이 그림 속 사건이 있었던 1581년과 1881년(일리야 레핀의 시대) 두 숫자가 겹치는 것은 우연이라 할 수 없는 화가의 의도가 담긴 것임을 쉽게 알 수 있습니다. 1881년 '인민의 의지당'이라는 조직에서 알렉산데르 2세를 암살하자 무서운 피의 보복이 벌어집니다. 당시 러시아 민중의 참상은 〈볼가강의 배를 끄는 인부들〉이라는 같은 화가의 작품을 통해서도 그 처참함이 잘 알려졌습니다. 화가는 자기 조국의 어두운 미래에 이 피의 보복이 중대한 악영향을 미쳤다는 사실을 이 그림을 통해 주장하고 싶었던가 봅니다. 그래서 이 그림은 어딘가에 숨겨두었고 나중에 빛을 보게 됩니다.

화가가 개인의 성취에 몰두해 성공의 가도만을 달리는 길을 택하지 않고 세상의 아픔에 함께할 경우, 역사적 문제는 피해갈 수 없는 그림의 소재로 떠오르는 것을 목격합니다. 일리야 레핀의 경우, 이 그림과 〈아무도 기다리지 않았다〉 등 사회의 가장 아픈 면을 전해줍니다. 당시 러시아의 많은 작가 역시 그러하였고, 레핀이 존경해 마지않아 여러 모습을 화폭에 담았던 톨스토이 또한 당시의 사회상을 자기 작품에 담았습니다.

종교와 예술은 출발점이 같다고들 하지요. 그런 만큼 참 서로 많이 닮았습니다. 삶의 가장 근본적인 것을 찾고 추구하는 방향으로 예술에 접근하는 이들에게서는 시대의 아픔, 약자들에 대한 관심과 연민은 종교인 이상으로 강한 측면을 발견할 수 있습니다. 렘브란트, 고흐, 루오 등이 대표적이며 그 외에도 수많은 작가가 있습니다. 일리야 레핀은 그런 리스트 안에서도 빠지려야 빠질 수 없는 자리를 차지하는 화가지요. 그의 그림에는 사람의 마음을 뭉클하게 하는 힘이 있는데, 그 힘은 그 시대의 약한 자들에 대한 그의 깊은 관심과 애정에서 비롯된다고 할 수 있습니다. 때로 예술이라는 도구는 종교보다 훨씬 설득력 있게 사람들에게 다가가곤 합니다.

러시아 제정 말기 피폐한 상황은 이루 말로 표현하기가 어려웠습니다. 우리가 다 아는 대로 결국 공산주의가 러시아를 지배하는 결과를 빚게 될 정도였지요. 일리야 레핀은 그 참상을 목격하며 그저 아름다운 장면만을 그릴 수는 없었나 봅니다. 그림을 통해 민초들과 어두운 조국을 향한 그의 마음이 절절하게 와닿습니다. 그 마음만으로도 이미 치유가 됩니다.

한 남자의 초상 혹은 자화상

얀 반에이크(Jan van Eyck, 1390~1441)의 자화상으로 추정되는 그림입니다. 제목만으로는 자화상이라고 단정 지을 수 없으나, 그의 다른 그림들에서 숨은 그림 형태로 자신의 모습을 여러 차례 그렸기에, 그와 비교대조를 통해 이 그림을 자화상이라 여기고 있습니다.

그는 어떤 화가였을까요? 렘브란트보다 2세기 이상, 미켈란젤로보다 1세기 정도 이른 시기에 살았던 화가로 이른바 르네상스 시절의 초반을 살았던 화가입니다. 종교성, 신 중심, 피안, 전체성으로부터 개인과 이성, 차안, 현실주의 쪽으로 무게중심이 옮겨지던 시대로 이때 원근법이 처음 시작되기도 합니다. 그래서 화가들은 이 기법을 온갖 방식으로 자신의 그림에 도입하지요. 원근법을 발견한 초기 화가들에게 이 기법은 영원성을 상징하기도 했습니다.

그는 거울을 매개로 원근법을 잘 활용한 화가로 알려졌는데, 있는 그대로를 묘사하는 데는 따라올 사람이 없다는 평을 들을 정도로 정교하게 그리는 것으로도 유명합니다. 가장 많이 알려진 그림은 〈아르놀피니 부부의 초상〉입니다. 세밀하고 엄격하게 그리는 것으로 잘 알려진

얀 반에이크(Jan van Eyck), 〈Portrait of a Man in a Red Turban〉, 1390, 런던 내셔널 갤러리 소장

반에이크는 자화상의 첫인상이 잘 말해줍니다만, 무엇이든 철저하게 하는 사람이었던 듯합니다. 이 성질이 그림 역사에서 한 획을 긋게 만드는 역할을 하는데, 그가 지금은 너무도 잘 알려진 유화기법을 최초로 찾아낸 사람이기도 합니다.

당시 사용하던 템페라나 프레스코화 기법은 오래 보존하기가 힘듭니다. 〈최후의 만찬〉이 자꾸 훼손되는 것도 프레스코화 방식으로 그려졌기 때문이지요. 그는 어느 날 상당히 정성을 들여 그린 그림을 잘 말리고자 햇빛에 내놓았더니 광택제는 모두 갈라지고 나무판도 쪼개져 있었습니다. 이에 화가 난 그는 이전에는 사용하지 않던 기름을 다른 재료와 섞는 실험을 무수히 거듭한 끝에 완벽한 조합의 비율을 찾아냈습니다. 그리고 유화 특유의 광택과 생동감 넘치는 화려한 색채를 만들어낼 수 있었습니다.

얇은 입술, 매부리코, 확고한 눈빛 참으로 인상이 강렬하면서도 건조합니다. 이 두 가지 특성이 함께한다는 것은 흔치 않은 조합입니다. 그의 빈틈 없이 닫힌 입술이 모든 면에서 완벽을 추구했던 성격을 아주 잘 보여줍니다. 매부리코 역시 성격이 급한 사람의 특징으로 알려졌지요. 얇은 입술이 벌어졌다면 헤퍼 보일 텐데, 닫혀 있으니 두툼한 입술보다 더 단호해 보입니다. 솔직히 예술성이 뛰어난 기질로 보이진 않는데 여기에도 반전이 있습니다. 붉은 터번입니다. 그의 다른 그림에서는 보기 드문 파격입니다. 검은 옷에 검은 배경이라, 목에 조금 보이는 흰색이 아니면 솔직히 저승사자 이미지라 해도 과장이 아닙니다. 그런데 터번만이 붉은색에 크기도 머리 전체보다 큽니다. 그것도 인상과는 달리 단정하게 모양새를 잡은 것도 아니고 대충 둘러 머리에 얹은 것 같습니다. 그런데 이 모양새가 어설픈 듯 자연스럽습니다. 어쩐지 그의 내면의 다른 한 면처럼 보입니다.

한 사람의 열정을 접하는 것은 참 큰 행복입니다. 그의 삶의 속살에 접하는 것이니까요. 특히 화가나 예술가의 열정은 전염성이 강합니다. 그리고 예술가마다 각기 다른 열정의 색깔과 느낌이 있지요. 예술을 접하는 특권입니다. 그 다름과 차이를 제대로 맛보는 것, 세상 온갖 섬들을 여행하듯 흥미롭고 그가 그림 밑에 적은 글귀 "얀 반에이크가 나를 만들었다"가 선명하게 전달해주듯, 사람은 자신을 바라볼 수 있는 유일한 존재입니다. 마음을 두드립니다. 그의 열정이 전염되었나 봅니다.

젊은 틴토레토와 늙은 틴토레토

한 사람의 생을 훑어보는 일은 그가 누구든, 어떤 삶을 살았든 언제나 장엄함이 동반됩니다. 그 생의 빛과 어둠, 역동성과 고요를 함께 살펴보는 기회는 타인에게도 큰 선물이지요. 틴토레토(Jacopo Tintoretto, 1518~1594)라는 16세기 이탈리아 화가의 2점의 자화상입니다. 하나는 혈기 왕성한 젊은 시절, 다른 하나는 황혼이 아름답게 물들어가는 노년이라는 말이 딱 맞는 자화상입니다. 이 두 시기의 특성이 현저하게 잘 드러난 작품으로 현대의 우리에게도 말을 걸어오는 작품 가운데 하나입니다. 틴토레토는 16세기 다빈치, 미켈란젤로와 동시대 사람이자 이 두 대가보다 젊은 사람이며 르네상스의 마지막을 장식하는 화가로 화려함과 밝음이 돋보이는 그림을 그렸습니다.

〈젊은 틴토레토의 자화상〉을 그렸을 당시 틴토레토는 28세였고 아직 결혼하기 전이었습니다. 당시 그는 스승 티치아노의 화실에서 나와 독립한 상태였지요. 그는 자신의 작업실에 '미켈란젤로의 조형미와 티치아노의 색채'라고 굵은 글씨로 써놓았을 정도로 자신만만한 화가이자, 지향점이 분명한 화가이기도 했습니다. 한마디로 재능을

야코포 틴토레토(Jacopo Tintoretto), 〈Self-Portrait〉, 1547, 필라델피아 미술관 소장

야코포 틴토레토(Jacopo Tintoretto), 〈Self-Portrait〉, 1588, 루브르 박물관 소장

인정받았으나 아직 미래가 불확실한 시기에 자신의 모습을 그대로 그린 것입니다.

그의 내면 깊은 곳에 똬리를 튼 질풍노도가 검은색 옷과 검은 배경으로 인해 더 도드라집니다. 아마 화려한 옷이나 우아한 옷을 입혀놓았다면 저 눈빛은 상당히 희미해 보일 것이 분명합니다. 그의 자세를 보면 몸을 돌려 주먹을 한 방 날리고야 말 것만 같습니다. 유명화가들의 자화상 가운데서 내면이 잘 엿보이는 작품이라는 평가대로 그의 눈은 마치 그림 속에서 튀어나올 것만 같습니다. 비스듬한 포즈가 이쪽을 바라보는 듯해 운동성과 함께 뭔가 말을 걸어올 듯합니다. 보는 관객을 향해 던져올 말이 사소해 보이지 않습니다. 검은 어둠을 깨고 세상을 향해 한마디 일갈하고 싶은 그런 열망이 담긴 시선입니다. 반면 짧고 검은 곱슬머리는 그의 불같은 성격과 함께 단호함도 동시에 전해줍니다. 그 단단함으로 인해 열기를 함부로 아무 곳에나 던질 것 같지는 않으며, 쭉 뻗어 있으면서도 높은 코는 자신에 대한 자존감이 상당함을 보여줍니다. 사실 그의 이름 틴토레토는 '염색공의 아들'이라는 뜻으로, 당시 낮은 신분에 속했던 이름을 그는 화가로 성공한 뒤에도 버리지 않고 그대로 씁니다. 그만큼 자신에 대한 자부심이 강했으며, 화려하고 밝은 그림을 그리는 르네상스의 마지막을 장식하는 화가로 꼽힙니다.

〈늙은 틴토레토의 자화상〉에는 노년에 이른 화가의 기품이 느껴집니다. 이 그림을 그렸을 당시 틴토레토는 어느덧 일흔을 바라보는 나이가 되었습니다. 화가의 수염과 머리카락은 모두 하얗게 변했고 얼굴에 주름도 깊게 잡혀 있습니다. 그러나 커다랗고 움푹 팬 두 눈에서는 질풍노도는 사라지고 순박함만이 젊을 때와는 다른 깊이로 묻어납니다. 비스듬한 자세로 앞을 향해 머리를 돌리던 자세에서 단정하게 정면을 향하고 있어 젊은 시절보다 안정감과 평안함을 느끼게 합니다. 배경도 젊은 시절 자화상에는 칠흑 같은 어둠이었다면, 노년의 그림에는 설핏설핏 밝은색이 보이도록 처리했습니다. 다빈치의 명암 대조법을 계승하면서도 윤곽선은 배경 속에 감춰 새로운 변화를 추구합니다.

젊은 시절 감당하기 어려운 내면의 질풍노도와 노년의 고독함 살짝 가미된 완숙함을 보여주는 두 자화상을 대조해보는 것은 흥미롭습니다. 기술적인 면에서도 머리카락을 그린 붓질에서 노년의 원숙함이 감지되지요. 움직임이 느껴지는 젊은 시절과 정적인 정면 모습의 멈춤 그리고 시선도 꿰뚫어 봄과 응시 두 가지 차이가 우리 앞에 놓입니다. 노년 화가의 표정은 귀여움마저 느껴질 정도로 혈기 왕성한 쓸모없는 열정은 빠지고 어린아이처럼 단순해진 모습입니다. 두 자화상은 함께 보아야 그의 삶 전체를 볼 수 있음이 여실히 드러납니다. 한 사람의 생의 변화가 담은 무게를 우리에게 고스란히 전해주는 화가의 손길 덕분에 그 눈길 따라 여행을 할 수 있습니다.

미켈란젤로 자화상, 순교라는 자의식

워낙 유명한 장면이지만 처음 대하는 사람에게는 이 장면이 대체 무엇인지 이해하기 어려운 그림입니다. 우선 이 그림은 시스티나 성당 천장에 그린 그 유명한 〈천지창조〉 그리고 제단 위쪽에 그린 〈최후의 심판〉 정중앙의 한 부분을 잘라낸 부분화입니다. 그리고 그림에 대해 조금 아는 분이라면, 미켈란젤로의 자화상은 이것이 아니라고 하실 테지만 이것도 자화상 맞습니다. 조금 기묘하긴 하지만 깊은 의미가 담긴 것만은 확실하고, 미켈란젤로라는 인물을 이해하는 데 큰 도움이 됩니다. 먼저 여기에 앞선 한 이야기를 알 필요가 있습니다.

생고무 또는 가죽 코트 같은 이상한 거죽을 든 이는 예수의 열두 제자 중 한 명인 바르톨로메오이고, 이분은 인도까지 가서 선교활동을 하다 피부를 벗기는 형을 받고 순교했습니다. 미켈란젤로는 이 성인을 〈최후의 심판〉 가장 한복판 예수 그리스도를 곧바로 바라볼 수 있는 자리에 위치시키고, 그의 손에는 벗겨진 자신의 피부 가죽을 들려놓습니다. 그리고 그 얼굴에 자기 모습을 새깁니다. 이것이 그의 얼굴임을 확신하는 것은 피부 가죽에서도 드러나는 그의 부서진 코 때문입니다.

미켈란젤로 부오나로티(Michelangelo Buonarroti), 〈Last Judgement〉 부분, 1534~1541, 바티칸 시스티나 성당

그의 부서진 코의 일화는 그의 성품을 아주 잘 드러내줍니다. 성격이 괴팍하기로 유명한 미켈란젤로는 젊은 시절 이미 출중한 실력으로 유명했습니다. 자신이 다니던 아카데미의 드로잉 수업에서 다른 제자의 실력을 폄훼하기 시작했는데, 미켈란젤로만큼이나 성격이 거칠었던 피에트로 토리지아노(Pietro Torrigiano, 1472~1528)는 그의 말을 참지 못하

고 주먹을 날립니다. 얼마나 화가 났던지 그의 주먹은 미켈란젤로의 코를 부러뜨리고 연골이 조각나 흘러내리게 했다고 합니다. 제정신을 차린 후 토리지아노는 그 유명한 메디치가의 후원을 받던 사람에게 해를 끼쳤으니 후환이 두려워 도망칩니다. 당시 이탈리아의 예술을 부러워하던 영국의 헨리 8세가 그를 영국으로 초대하자 그쪽으로 널름 달려가 명성과 부를 쌓는 기회를 잡습니다.

미켈란젤로는 주변 사람뿐만 아니라, 자신과의 싸움으로도 유명한 사람이지요. 신학적 바탕 없이는 그려낼 수 없는 〈천지창조〉나 〈최후의 심판〉 역시 그의 종교적 정신을 보여줍니다. 그림 속 모델의 일화를 통해 그의 불같이 타오르는 성격도 잘 알 수 있습니다. 그는 유다의 얼굴에 자신의 그림을 비난한 추기경의 얼굴을 그린다든지, 그 지역 행정관의 얼굴을 그림 속에 넣기도 했습니다. 또 한 가지 예로는 〈최후의 심판〉의 원래 그림은 등장인물이 모두 나체였다고 합니다. 사실 최후의 심판이라면 인간존재가 하느님 앞에 벌거벗은 채로 몽땅 드러나는 일이니 옳고도 지당한 선택이었다고 제게는 보입니다만, 당시 한 추기경은 거룩한 성전 안에 목욕탕 그림이 웬 말이냐는 식의 반응을 보였다고 하지요. 이 괴짜 화가는 그 추기경의 얼굴을 지옥의 수문장 얼굴로 그려버렸지요. 제가 살짝 통쾌하게 느껴지는 건 굳이 감출 필요가 없는 일이겠지요?

비평가나 그림의 주문자에게도 하고 싶은 말을 참는 법이 없었고,

뻣뻣한 태도가 이루 말할 수 없었으며, 자신의 작품에 대해 이러쿵저러쿵하면 언제든 싸울 태세가 되어 있었으니 그를 모함하거나 시기 질투하는 사람들이 얼마나 많았겠습니까. 그는 여기에 별로 개의치 않고 자신과 의견이 다르면 투견처럼 싸우곤 했습니다. 그러다 보니 상처도 많이 받았고, 그러잖아도 칩거형이던 그는 더욱더 사람과 관계를 끊고 신앙과 예술의 세계에만 몰두합니다.

사람들과도 잘 어울리지 못했고, 작품활동에 들어가면 거의 미친 사람처럼 식음을 전폐할 때도 있었다고 합니다. 시스티나 성당 천장화를 그릴 때는 비계를 설치해 천장에 올라가 작업하느라 며칠 동안 내려오지 않고 잠도 거기서 잤습니다. 천장화를 완성한 후 그는 거의 꼽추 같은 체형이 되었을 만큼, 작품에 대한 그의 열정과 힘은 어떤 사람과도 비교하기 불가능할 정도였습니다. 〈천지창조〉와 〈최후의 심판〉에 등장하는 인물만도 700명이 넘습니다. 〈천지창조〉가 340명, 〈최후의 심판〉이 391명으로 그 숫자에도 압도당하지만, 그 인물 한 명 한 명의 생생한 역동성 앞에서는 벌어진 입이 다물어지지 않습니다.

그는 이 모든 열정을 합친 에너지로 '자신'이라는, 자신도 이해하지 못하는 인물과 종교적 진리에 대한 탐구에 몰두했습니다. 그 유명한 다비드상을 조각한 사람이 만든 것인지 의심이 가는 작품들이 후기에 나옵니다. 하나는 노예의 모습을 조각한 것으로 마치 이제 막 돌에서 깨어나오는 듯, 아니면 조각하다 만 미완성 작품인 듯 분간이 힘든 조각이 있습니다. 돌에서 비틀고 나오는 노예의 모습 조각이 여럿 있는 것을 보면 결코 미완성은 아니라고 보입니다. 또 〈론다니니의 피에타〉는 같은 조각가의 작품이 맞나 싶을 정도로 서툴게 보입니다.

어떤 이들은 이 두 작품을 미완성이라고 하고 또 어떤 이들은 미켈란젤로의 신앙 표현 가운데 최고라고도 합니다. 저는 두 번째 의견이 맞다고 봅니다만, 그의 투쟁의 시간이 서서히 끝나고 온갖 화려함을 걷어낸 예수 그리스도와 성모의 진짜 모습 앞에 선 자기고백이자 신앙고백으로 해석됩니다. 다수의 비평가도 같은 의견을 피력합니다. 〈론다니니의 피에타〉에 등장하는 예수의 뭉개진 듯한 얼굴은 고통을 넘어 온전히 자신을 넘긴 그리스도에 대한 미켈란젤로의 혼연일체의 마음을 보여줍니다.

이렇게 서술이 긴 것은 미켈란젤로라는 인물 자체가 참 이해하기 쉽지 않기 때문입니다. 위와 같은 인생의 여정에서 그는 가죽이 벗겨져 순교한 바르톨로메오의 얼굴에 자신의 얼굴을 가져다 놓습니다. 그는 결혼도 하지 않았는데, 왜 결혼하지 않았느냐는 사람들의 질문에 나한테는 예술이라는 아내가 있고, 작품이라는 자식들이 있다고 고백합니다. 예술에 대한 헌신, 사람들의 몰이해에 대한 그의 격정적 반응, 신앙에 대한 성장 이 모든 것이 구별할 수 없이 뒤엉켜 그를 사회적 부적응자처럼 보이게 할 정도였습니다. 게다가 그의 천성적인 격한 성격과 예민함이 이를 더 강하게 만들었던 것이지요. 그는 이러한 모습을 바르톨로메오의 벗겨진 얼굴 하나로 다 표현해놓았습니다.

또한 예술가로서 자신의 삶이 일종의 순교라는 자의식 또한 지니지 않았는지 짐작해봅니다. 이 바르톨로메오는 사실 성경에서는 아주 두드러지지 않습니다만 미켈란젤로는 〈최후의 심판〉 한복판, 오른쪽 제일 앞쪽 예수를 정면으로 바라볼 수 있는 지점에 위치시킵니다. 이 벗겨진 피부 가죽 자화상에서는 여러 이미지가 함축되어 있습니다. 죄에 대한 두려움, 끊임없이 갈등이 있었던 교회에 대한 실망, 밑바닥까지 헌신했던 삶의 비움까지, 이 복잡한 인간의 마음속을 왔다 갔다 하던 온갖 영상이 어쩌면 이 한 가지 표현으로 어떤 변곡점을 그리지는 않았을까 짐작해봅니다. 이렇게 자기 고백을 할 수 있는 사람의 삶은 통합과 변모를 통해 단순한 모습으로 정화되어갔음이 틀림없으며, 노예 조각과 〈론다니니의 피에타〉가 이 사실을 입증해주는 것으로 보입니다. 그의 삶은 작품 이상으로 많은 것을 말해줍니다. 많지 않은 위대한 예술가들이 그러하듯이…….

그 무엇으로도 풀기 힘든 삶과 죽음의 관계

티치아노(Vecellio Tiziano, 1488경~1576)는 16세기 교황, 백작, 왕족, 왕들의 초상화 화가로 유명했습니다. 신성로마제국 황제 카를 5세가 그가 떨어트린 붓을 주워주기 위해 무릎을 꿇었다는 일화가 있을 정도로 초상화로서는 그 시대 타의 추종을 불허할 정도로 가장 유명했던 화가입니다. 그림 속 그가 걸고 있는 금 사슬은 바로 이 카를 5세가 주었다고 합니다. 그런 만큼 그의 복장 또한 자신의 명예에 걸맞은 것이고, 당당한 풍채가 삶의 족적을 보여주는 듯합니다.

여기에 화폭을 거의 차지할 만큼 크게 그린 자태가 이 화가의 자의식 한 자락을 보여줍니다. 그는 살아생전에 명예와 부를 모두 누린 화가입니다. 그의 그림은 밝고 환한 색상, 극적인 움직임, 눈길을 끄는 주제 등 사람들이 좋아할 요소를 골고루 갖추었습니다. 자신의 제자인 틴토레토가 '미켈란젤로의 조형미와 티치아노의 색채'라고 화실 벽에다 써 붙일 정도로 그는 색채에 뛰어난 화가였고, 초상화 화가로서 귀족 사이에서 서로 모셔가려는 인기 절정의 화가였습니다.

그런데 특이하게도 자화상에서는 보기 드물게 정면을 보지 않고 옆

베첼리오 티치아노(Vecellio Tiziano), 〈Self-Portrat〉, 1562, 베를린 국립회화관 소장

으로 돌아봅니다. 몸은 정면을 향하지만, 고개를 살짝 돌려 창밖을 보는지 혹은 누군가를 기다리는지 모를 묘한 눈빛입니다. 심지어 깊은 고독과 그리움이 출렁거리고 눈물이라도 흘릴 것 같지 않은지요. 실패를 몰랐던 일생, 노년에 이르기까지 초상화 화가로 유명했으며, 종교화도 많이 그렸습니다. 그런 그가 왜 이런 자화상을 그렸을까요? 물어보지 않을 수 없었습니다.

실패가 없었던 딱 바로 그만큼 삶의 끝자락에서 느끼는 허무가 마음을 짓눌렀을지 모릅니다. 그는 성화도 제법 많이 그렸습니다. 그런데 르네상스 대표 화가답게 성화도 인간적 감정이 상당히 두드러집니다. 절제, 초월, 자기 비움, 이런 느낌과는 좀 거리가 멀지요. 〈그리스도 매장〉을 보면 돌아가신 예수님을 무덤으로 모셔가는 과정에서 주변에 모인 인물들은 그야말로 초상집 분위기입니다. 슬픔이 천지를 가득 메우는 상황, 일반 사람들의 죽음에 임하는 그런 분위기가 그대로 표현되어 있습니다. 이것은 삶의 절망과 실패, 비웃음, 경제적 궁핍을 겪어보지 못한 그에게는 어쩌면 당연한지도 모릅니다. 예수 그리스도의 죽음 역시 인간적 슬픔이라는 한계 속에 묶어두었다고나 할까요. 예수 그리스도의 죽음을 이런 차원에서 본다면 자신의 죽음에 대해서야 말해 무엇하겠습니까.

인간존재 밑바닥에 깔린 허무감을 성공한 인생이라고 해서 해결해주지는 못함은 너무 자명한 사실이며, 아마도 그는 그것을 느낄 만한 나이에 이 자화상을 그린 것 같습니다. 생명과 죽음은 하나의 현실이라고 저는 자주 쓰고 말합니다만, 그렇게 자주 말하는 이유는 현실세계에서 이 둘을 분리된 현상으로 취급하기 때문입니다. 죽음은 죽음이고 삶은 삶일 뿐이라는 거죠. 죽음은 피하고 싶고 생명은 길면 길수록 좋다고 생각합니다. 불행이나 가난도 그저 피하고 싶은 목록의 가장 윗자리를 차지합니다.

그런데 그렇게 살아온 사람의 노년 모습 앞에서 느껴지는 이 헛헛함은 무엇인지요? 타인이 평가하거나 그린 초상화가 아니라, 자신의 손으로 그린 자신의 자화상에서 풍기는 느낌이니 그것이 더 강렬하게 다가옵니다. "행복하여라 가난한 사람들……, 행복하여라 슬퍼하는 사람들……." 예수님의 산상수훈이 새롭게 다가오는 순간입니다. 죽음, 불행, 가난, 낮추어짐 이런 것들만이 알게 해주는 삶과 인생의 진리가 있습니다. 삶은 돈, 명예, 행운만으로 충만해지지는 않는다는 단순한 진리를 깨닫는 일이 어쩌면 가장 어려운 일인지 모릅니다. 화려한 인생을 살았던 이 화가가 우리에게 던져주는 질문이지요. 명예의 상징인 황제가 하사한 목걸이를 노년의 자화상에서도 빼지 않고 그린 그의 마음속에는 황금 목걸이로는 결코 풀 수 없는 삶과 죽음의 문제가 웅크렸던 것이지요.

하느님의 도구가 된 그의 약함

카라바조, 딱 그 사람입니다. 부스스한 머리카락, 허름한 옷차림만으로도 카라바조임을 짐작할 만합니다. 처음 그림을 대하는 순간, 그림에서 시선을 뗄 수 없었습니다. 단 하나의 장식도 허용하지 않는 철저함이 그의 작품에서 보이는 철저함과 맞아떨어집니다. 그러나 이 그림은 카라바조의 자화상이 아닌 오타비오 레오니(Ottavio Leoni, 1578~1630)가 그린 카라바조의 초상입니다.

뭐 이렇게 써놓긴 했지만, 카라바조의 생애를 설명하는 어느 곳에서도 바람직한 모습을 써놓은 걸 보지 못했습니다. 그의 작품을 대하는 많은 이들이 그의 삶과 작품 사이에서 당혹감을 느끼는 듯합니다. 저 역시 예외가 아니었고, 당혹감은 분명 무엇인가로 이끄는 길잡이 역할을 할 것임을 믿기에 좁은 오솔길로 들어가봅니다.

카라바조의 명성과 수입이 늘어나면서, 그는 다른 화가의 부러움을 사기 시작했습니다. 절망적이었던 방랑생활을 끝내고 사교계에 발을 들여놓았던 시기에도 그는 끝내 성급하고 방탕한 성격을 버리지 못했지요. 이 시기 그의 행적은 잘 알려지지 않았지만, 여러 차례 법을 위

오타비오 레오니(Ottavio Leoni), 〈Drawing of the Portrait of Caravaggio〉, 1621, 피렌체 마르셀리아나 도서관 소장

반했으며, 몇몇 폭력 사건의 가해자로 고발당하기도 했습니다. 심지어는 투옥되었다가 프랑스 대사의 중재로 가까스로 풀려난 일도 있었지요. 급사의 얼굴에 접시를, 로마 수비대 군인에게는 돌을 던지는 등 여러 폭력 사건으로 체포되기도 했고 로마를 떠나 도피생활을 하기도 했습니다.

결정적 사건은 1606년에 벌어집니다. 사소한 이유로 다툼을 벌이다 한 사람을 죽이고 만 것이지요. 이 과정에서 자신도 다쳤지만, 어찌 되었든 명백한 살인행위였으며 그는 다시 도피행각을 이어갑니다. 이 도피 여정의 끝에 심신이 지칠 대로 지친 그는 열병에 걸려 서른여덟이라는 젊은 나이로 객사합니다. 이런 카라바조에 대해 그의 한 친구는 다음과 같은 글을 남깁니다.

미켈란젤로(카라바조의 본명이 미켈란젤로 메리시였음)

죽음과 삶은 그대에게 잔인한 음모를 꾸몄네
삶이 두려웠기에
그대의 붓은 모든 것을 넘어섰지
그대는 그림을 그렸던 것이 아니라 창조를 했지
죽음은 분노의 불길로 타올랐네
얼마나 많은 것이 기다란 낫 같은 그대의 붓을 통해 잘려졌던가
그리고 그대의 붓은 더 많은 것을 창조했다네

젊은 나이에 객사한 카라바조를 애도하며 그의 절친한 친구였던 마리노 기사가 지어 읊은 시입니다. "죽음과 삶은 그대에게 잔인한 음모를 꾸몄네. 삶이 두려웠기에." 이 구절이 카라바조의 어떤 면을 섬광처럼 비춰줍니다. 우선 친구의 글에서는 진정한 애정이 느껴집니다. 그렇다고 과장하거나 지나친 수식 없이 참 담백하면서도 그의 예술과 그의 삶을 단적으로 보여줍니다. 죽음과 삶이 잔인한 음모를 꾸미고, 삶이 두려웠기에 그의 붓이 모든 것을 넘어섰다고 합니다. 아마도 이 친구는 카라바조가 지닌 삶의 굴곡, 그가 피하고 싶었을지도 모를 어떤 그늘, 운명의 장난이라고밖에 표현할 수 없는 삶의 현실 등에 대해 잘 아는 듯합니다.

그리고 카라바조에게 주어진 이런 환경이나 상황과도 관련이 있을 듯한 그의 불같은 성격과 폭력성, 죽음과 삶으로 극단적으로 분리될 수밖에 없는 그의 운명 등을 짐작하게 해주는 귀한 자료입니다. 그를 소개하는 모든 글이 그렇듯, 카라바조 안에는 스스로는 결코 끌 수 없는 불이 활활 타오르지 않았나 짐작해봅니다. 불이 타오르는데 가만히 있을 수 있는 사람은 없었겠지요. 어찌 보면 카라바조의 몸부림에 가까운 삶은 타오르는 불의 뜨거움을 참지 못해 펄쩍펄쩍 뛴 것일 수도 있습니다. 그리고 이 불은 그에게 다른 이들은 보지 못하는 것을 보게 하는 원동력이 되지 않았을까요.

그의 삶의 궤적만 본다면 사실 그의 작품들과 연결하기가 쉽지는 않습니다. 이 둘 사이에 어떤 갭이 있어 보입니다. 난봉꾼의 흐트러짐과 높은 수준의 예술적 치밀함과 빼어난 완성도 사이에 건널 수 없는 큰 공간이 있을 것만 같습니다. 그러나 이 불길은 그를 펄펄 뛰게는 했으나 그를 삼켜버리지는 못한 것 같습니다. 오히려 이 불길은 그에게서 쓸데없는 것들을 태워버리고 곧바로 종교적 현실 앞에 세워준 것은 아닐지 짐작해봅니다. 그것은 아마도 바오로 사도가 로마서에서 "죄가 많은 곳에는 은총도 흘러넘친다"라고 한 표현이 딱 맞아떨어지는 경우입니다. 어떤 신부님이 미사 강론에서 우화 하나를 들려준 적이 있습니다. "하느님과 인간 사이는 끈 하나로 연결되어 있습니다. 그런데 인간은 이 묶임이 싫어 끊고 도망갑니다. 그러면 하느님은 인간을 다시 찾아 끊어진 끈을 묶습니다. 이렇게 무수히 반복하다 보니 끈이 짧아지고 짧아져 인간은 하느님 바로 곁에 있게 되었다"라는 이야기였지요. 카라바조의 삶에 찰떡같이 달라붙는 이야기인 것 같습니다.

그는 자신의 약함과 인간의 약함에 대한 통찰이 담긴 그림을 많이 그렸습니다. 대표적인 것이 〈나르키소스〉이겠으나, 〈끌려가는 그리스도〉에서도 이 통찰은 빛을 발합니다. 자신의 모습을 그 장면에 등장시킨 것이나 횃불 없이 횃불 든 손이나 거기 등장하는 모든 인물이 이 선에서 해석될 수 있습니다. 현대의 심리학을 무색하게 하는 통찰입니다. 단지 심리학에서 그치지 않고, 하느님 앞의 인간존재에 대한 고백으로 그는 나아갑니다.

불길이란 언제나 같은 강도로 활활 타오르지는 않으니 견딜 수 있을 만큼 가라앉는 순간, 날카롭다 못해 지구 대기권 따위는 문제없이 뚫을 것 같은 그의 직관이 번득였으리라 짐작해봅니다. 그의 작품들은 정말이지 작품 속 소품 하나하나까지도 살펴볼 가치가 있습니다.

이 그림처럼 남루한 삶을 그대로 비춰주는 초상화는 렘브란트와 고흐의 자화상 외에는 찾아보기 힘듭니다. 그의 부리부리한 눈매, 우리를 꿰뚫을 듯 쳐다보는 저 눈매는 비정상이라 할 정도로 긴 눈썹 덕분에 광인의 불안함으로 끝나지 않게 합니다. 활처럼 길고 둥근 눈썹이 그의 눈길 속 불길이 다른 곳으로 번져나가는 것을 막아주는 지붕처럼 보입니다.

오타비오 레오니는 카라바조를 그리면서 혹은 그려놓고 무엇을 느꼈을까요? 카라바조의 표정은 세상 사람들이 자신을 향해 손가락질하는 자신의 한없는 약함과 그 약함을 끝까지 탓하지 않는 하느님의 감당키 어려운 무한한 사랑이 자신 안에 담겨 있는 것을 보고 그 앞에 입을 다물 수밖에 없는 그런 표정으로 읽힙니다. 약하기에, 진짜 죄를 지었기에 닿을 수 있었던 그 밑바닥, 도저히 하느님이 머물 것 같지 않은 그 인간의 바닥에서의 남루함을 있는 그대로 그린 그림, 카라바조의 눈 속에는 하느님이 담겨 있습니다. 그의 약함은 하느님의 도구가 되었습니다. 초상화가 그것을 말해줍니다.

지적이며 숙련된 거장

이 자화상만 보더라도 니콜라 푸생(Nicolas Poussin, 1594~1665)이 철학을 하는 화가라고 불리는 데 일리가 있어 보입니다. 그는 그리스 로마 신화나 역사를 좋아했고 연구도 많이 했습니다. 그의 그림 대부분이 바로 여기서 주제를 잡았지요. 그의 그림 전체를 훑어보노라면 심지어 교훈적인 느낌까지 풍길 정도이며, 하나의 드라마로 보이기도 합니다. 그는 자신의 조국인 프랑스를 몹시 못마땅해했고, 이탈리아 특히 로마를 동경해 궁정화가로 지낸 2년 외에는 이탈리아에서 살았습니다. 젊은 시절 그의 삶은 저 그림 속 근엄함과는 달리 난장판이었습니다. 자만심으로 가득 차 프랑스 궁정화가 직조차 헌신짝처럼 내팽개치고 나올 정도였습니다. 자신을 시종처럼 대하는 대신들이 불편했으며, 궁정의 온갖 장식까지 떠맡아야 하는 일은 다소 우울하면서도 구속당하는 것을 싫어했던 그로서는 지속할 수 있는 일이 아니었습니다. 그런 그에게 삶의 전환점으로 작용했던 시기가 있었습니다. 추측에 불과하지만 그렇게 짐작되는 삶의 시기가 보입니다.

니콜라 푸생(Nicolas Poussin), 〈Self-Portrait〉, 1650, 루브르 미술관 소장

푸생은 독신의 방랑생활을 계속했으며, 이유는 알 수 없으나 로마에서 머무는 동안 자주 거주지를 옮겼습니다. 1620년대 말 그는 심한 병(전기작가 파세리에 따르면 매독이라고 함)에 걸려 생활방식을 바꾸지 않을 수 없었지요. 심한 고통에 시달리며 사회적으로 버림받은 그는 마침내 프랑스 출신의 한 과자 장수와 그의 이탈리아인 아내의 간호를 받게 되었습니다.

그는 1630년 건강을 회복한 뒤 자신보다 18세나 어린 그 부부의 딸 안 마리 뒤게와 결혼했습니다. 안 마리와 살면서 그는 거의 사람들을 만나지 않았으며, 작은 집에서 소박하고 조용하게 은둔자 같은 생활을 하기 시작합니다. 안 마리가 죽을 때까지 둘 사이에는 아이가 없었으며, 그녀의 죽음에 그는 몹시 슬퍼했습니다. 그의 초상화에서 보이는 구도자적 모습은 어쩌면 이 시기의 어떤 체험과 경험에서 비롯되지 않았을까 짐작하게 합니다.

어쨌거나 그는 이 자화상을 완성할 무렵 '지적이며 숙련된 거장'이라는 평을 받았습니다. 그의 그림들은 역사나 신화를 자세히 알지 못하고서는 그릴 수 없는 것들이지요. 그는 프랑스를 떠난 지 20년 지났음에도 프랑스 화가들을 '24시간 안에 그림 한 장을 만들어내는 껄렁이'라고 경멸할 정도였습니다. 그는 집중적이고 긴 숙고 속에서만 진실을 얻어낼 수 있다고 믿었습니다. 그의 자화상도 이런 그의 특성을 잘 드러내줍니다.

그의 모습 뒤로 펼쳐지는 그림 3점이 있는데, 하나는 그림을 그린 자신과는 사뭇 느낌이 다른 여성의 그림, 제일 앞쪽은 캔버스의 뒷면, 제일 뒤에 있는 것은 빈 캔버스입니다. 캔버스 뒷면에 쓰인 글씨는 "1650 로마희년 56세 레장드리에서 니콜라 푸생의 모습"이라고 적힌 글씨가 그렇지 않아도 검은 바탕 위로 검은 그림자마저 드리워 있습니다. 그 앞쪽에는 무슨 그림일까요? 본인의 이 자화상 혹은 다른 그림? 어쨌든 뭔가 마음에 안 들어 뒤집어놓은 것은 아닐까 하는 생각이 듭니다.

그러나 두 번째 그림 속 여성은 또 무슨 수수께끼일까요? 검은 옷에 웃음기라곤 전혀 없으며 다소 우울해 보이기도 한 자신의 자화상과는 선명하게 대조적으로 그려놨습니다. 밝은 피부에 살짝 웃는 입, 눈을 반짝이며 누군가를 바라보는 눈과 금발의 머리카락은 생기 넘쳐 보이고, 그런 그녀를 누군가가 양손으로 어깨를 감싸고 있습니다. 더구나 그녀의 머리에 쓴 관 내지는 모자 복판에는 눈이 그려져 있습니다. 이 여성은 아름답고 생기 넘칠 뿐만 아니라, 그가 그렇게도 중요시하는 진실을 꿰뚫은 듯해, 이상적인 여성상으로 그렸을 수도 있습니다.

엄숙하고 세상과는 격리된 듯한 자신 안에 또 다른 모습의 자아가 있음을 이미 그가 보았을까요? 알 수는 없습니다. 어찌 되었든 자신의 자화상 뒤에 배치한 그림 속 여성이 자신과는 아무런 연관도 없는 모습을 그렸을 리 만무하다는 것은 분명합니다. 근엄하고 다소 지친 모습, 자꾸 보노라면 슬픔까지 느껴지는 자신의 모습을 솔직하게 그린 그였으니, 아무 관련도 없는 여성을 그렸을 리 없지요. 괴팍함을 지닌 사람이라 할지라도 내면에 저런 따뜻한 여성을 품은 경우를 우리는 현실에서도 만날 수 있습니다. 그림 속 그는 우리를 보면서도 우리와 만남을 꺼리지만, 그림 속 여성은 자신을 안고자 하는 그의 손에 거부반응을 보이지 않습니다.

이런 연장선에서 그가 손에 쥔 노트인지 캔버스인지 모를 어떤 것 안에 펼쳐질 내용에 관심이 가게 합니다. 혹은 화가 자신만이 아닌 우리가 그려낼 어떤 것을 향한 초대인지도 모릅니다.

스튜어드 왕가의 화가

1632년 영국 왕 찰스 1세는 안트베르펜에 있는 안토니 반다이크(Anthony van Dyck, 1599~1641)를 불렀습니다. 영국의 궁정화가 직위와 기사 작위를 주겠노라는 파격적인 제안과 함께 말입니다. 루벤스의 제자였던 반다이크는 이미 네덜란드와 이탈리아 등에서 뛰어난 초상화가로 명망이 높았습니다만, 찰스 1세의 매력적인 제안을 넙죽 받아들여 런던으로 달려갔습니다. 찰스 1세의 환대를 받으며 입성한 반다이크는 왕을 포함해 스튜어트 왕가의 많은 이의 초상화를 그렸지요. 그는 귀족의 삶을 살다 42세의 한창나이에 세상을 떴습니다.

어찌 보면, 때 이른 죽음이 다행스러운 일이었을지도 모릅니다. 그가 죽은 후 바로 왕당파와 의회파 사이의 내전이 시작되었기 때문입니다. 9년에 걸친 이 전쟁은 결국 올리버 크롬웰이 지휘하는 의회파의 승리로 끝났으며, 포로가 된 찰스 1세는 결국 처형되고 맙니다. 영국 역사상 처형된 왕은 그가 유일합니다.

자화상이 주는 인상과 아주 딱 맞는 그의 생애입니다. 이 자화상에 대한 첫 느낌은 솔직하게 표현하자면 좀 느끼하지요. 붉은 비단옷, 황금

반다이크(Anthony van Dyck), 〈Self-Portrait with a Sunflower〉, 1640, 체셔 이튼 홀 소장

목걸이, 콧수염, 조금도 시들지 않고 활짝 핀 해바라기. 왕족과 귀족의 초상화를 200점 넘게 그린 화가의 실력이야 말해 무엇하겠습니까. 황금 목걸이를 두른 모습을 그렸던 티치아노와 달리 그는 황금 목걸이를 자신의 손으로 들어 보입니다. 아마도 찰스 1세가 하사한 것이겠지요. 황금 목걸이를 스스로 들어 보이는 자세가 어색하기만 합니다. 그 모습을 자화상에 담았다는 사실이 믿기지 않고 피식 웃음마저 나게 합니다. 더구나 엄청나게 크고 화려한 해바라기를 오른손으로 가리키며 이쪽을 바라봅니다. 해바라기는 자신의 예술을 의미할 수도 혹은 기사 작위를 내릴 정도의 왕의 총애를 의미할 수도 있으나, 이 그림에서 다른 상징이 없어 단정하기는 어렵습니다. 단지 이 그림에서 삶에 대한 의문, 회의, 통찰 이런 것을 찾아볼 수 없다는 것은 분명합니다.

해바라기는 자신의 예술을 가리키는 것일까요, 아니면 찰스 1세 왕의 총애를 가리키는 것일까요? 어느 것이든 자의식 충만한 화가의 내면에 꿈틀거리는 자긍심인 듯합니다. 그는 왕족과 귀족을 그릴 때 아주 묘하게 결점을 보완했다고 하니, 이 자화상 역시 그런 작위적 느낌으로 가득합니다. 궁정의 화려함과 지위를 과시하는 그의 마음이 해바라기를 가리키는 손끝에서 절로 묻어납니다.

그는 그림 이쪽을 바라보지만, 대화하고 싶은 표정은 아니라 여겨집니다. 이 그림에서 그저 자신을 드러내고 싶은 자긍심만 넘치는 것처럼 느껴지는 것은 수도자의 엄격한 금욕주의 탓일까요? 이 글을 읽는 독자에게도 던져보고 싶은 질문입니다. 고운 피부를 자랑하는 이마 위 땀에

젖은 머리카락은 무엇인지, 굳이 이런 표현을 한 이유는 무엇인지 그에게 묻고 싶어집니다. 사족을 보태보자면 자신의 삶에도 고난은 있다는 것, 혹은 예술 창작의 고됨을 말하고 싶은 것인지도 모르겠습니다. 화가란 참 묘한 존재입니다.

비로소 주인을 찾은 그림

이 생기발랄한 그림은 여성화가 주디스 레이스테르의 그림인데, 몇 백 년간 프란스 할스라는 남자 화가의 그림으로 통용되어왔습니다. 그도 그럴 것이 할스의 위조된 서명이 그녀의 그림에 찍혀 있었기 때문입니다. 레이스테르는 살아생전에는 주변 사회와 동료 화가에게 인정받았지만, 세상을 떠나고 난 뒤 빠르게 사람들로부터 이름과 작품이 잊혀갔습니다. 그녀의 이름이 아닌 프란스 할스의 그림으로 팔아야 큰돈을 받을 수 있었기 때문이리라 짐작해보지만, 역사적 사실은 알 도리가 없습니다. 그녀가 다시 세상 사람들 앞에 나타난 건 1893년이었습니다. 루브르 박물관이 프란스 할스의 작품을 구입했는데, 정밀검사 결과 레이스테르가 사용했던 서명이 발견된 것이지요. 그동안 자신의 작품을 프란스 할스의 것이라고 거래하는 모습을 하늘에서 보았을 레이스테르가 이때 기분이 어땠을지 제가 다 속이 시원해지는 느낌입니다. 여기에는 아래의 이야기가 한몫하곤 합니다.

아이러니하게도 할스와 레이스테르는 생전에 좀 복잡한 관계였습니다. 레이스테르가 여성으로서는 처음으로 길드의 조합원이 됩니다.

주디스 레이스테르(Judith Jans Leyster), 〈Self-Portrait〉, 1630, 워싱턴 국립미술관 소장

조합원이 된다는 사실은 그녀가 자신만의 공방을 지닐 수 있다는 것을 의미하지요. 여기에 자신의 도제 즉 제자 3명을 채용하는데, 할스는 이들 중 한 명을 빼가고 레이스테르가 이에 대한 소송을 제기해 이깁니다. 그리고 할스는 레이스테르가 도제 신고를 안 했다고 고발해 그녀 역시 벌금을 무는 일이 벌어졌습니다. 이런 두 사람의 관계와 아무 상관 없이 그들이 죽은 후 세상은 여성인 레이스테르의 서명이 적힌 그 위에 위조된 할스의 서명을 적어 그의 그림으로 알려지고 판매가 이루어지는, 우스운데 웃음이 나지 않는 일이 벌어졌지요.

레이스테르의 그림이 할스의 그림으로 오해받는 데는 시대가 아직 여성을 남성보다 한참 아래로 보는 탓이 크겠지만, 할스와 레이스테르 두 사람의 화풍이 좀 비슷한 면이 있다는 것도 한몫했습니다. 할스의 그림들은 생동감이 넘칩니다. 그러나 레이스테르의 그림도 할스 못지않게 어떤 화가도 흉내 내지 못할 독특함과 매력이 흘러넘칩니다. 그녀의 그림들은 기쁨, 약동, 생명력, 위트, 음악이 넘치고 우울한 그림이 한 점도 없습니다. 평범함을 거부한다고나 할까요.

이 화가가 다루는 주제의 폭은 그다지 넓지는 않지만, 관찰하는 방법이 아주 독특하고 다른 화가에게서도 볼 수 없는 참신함과 예리함을 겸비했습니다. 레이스테르는 삶의 현장의 스냅 사진 같은 작품들을 그렸습니다. 한 편의 드라마가 될 것 같은 소재를 찾아내는 통찰력도 뛰어나고 그 장면에서 세심한 관찰력으로 표정, 행동, 인간관계의 모습까지 드러내줍니다. 그녀가 그린 그림들로 미루어볼 때 우선 그림이 주는 밝은 이미지는 그녀의 성장과정이 유복했으리라고 상상하게 해줍니다. 밝고 따뜻하고 건전하나 지루하지도 않습니다. 그림 속 사람들의 신분으로 볼 때 아마 중산층에는 못 미치나 가난하지도 않은 그런 계층 출신일 듯합니다.

이 자화상 역시 그러한 특성을 아주 잘 보여주지요. 우선 첫눈에도 생기가 넘치는 그녀의 표정이 돋보입니다. 어두운 그늘 하나 없는 맑은 표정이 그녀의 선함마저 느끼게 합니다. 눈은 총명해 보이고 입을 살짝 벌려 웃지만 가볍고 헤픈 인상을 주지는 않습니다. 손에는 붓을 들고 있는데, 어찌 보면 자신이 그리는 바이올린 켜는 이를 가리키는 것 같기도 합니다.

자화상 속 그림이 관심을 자극하는데, 자화상을 그리는 화가들은 누구나 자화상 속 여러 소품 혹은 배경 안에 그리고 그림을 배치할 때 어떤 의도를 담아냅니다. 이 음악가는 기쁘다 못해 거의 황홀경 수준입니다. 앞에 청중조차 의식하지 않은 채 두 눈을 지그시 감고 자신이 연주하는 곡 속에 몰입해 있습니다. 그림 속 그림이지만 활을 켜는 손과 발에 음악적 율동감이 느껴집니다. 그리고 무엇보다 이 음악가는 아주 행복한 표정입니다.

이 음악가의 모습은 화가 자신과 자신의 미술작업이 어떠한지 아주 잘 보여줍니다. 당시 여성이라는 불리한 사회적 입장임에도 그녀는 큰 영향을 받지 않고 자기만의 예술세계를 구축하며 거기서 기쁨과 사명을 지닌 주체적 여성상을 보여줍니다. 당시 권위 있는 화가였던 프란스 할스가 자신에게 부당한 일을 저질렀을 때, 참지 않고 소송으로 맞섰던 당찬 여인이었습니다.

그러나 역사는 우습게도 이런 여인의 작품을 프란스 할스의 것으로 위조 서명까지 붙여 주고받았습니다. 그리고 역사는 다시 그런 오점을 제자리로 돌려놓습니다. 이런 역사야 어찌 되든 '나는 나일 뿐이지. 진실은 언제든 드러나게 마련이잖아'라고 레이스테르가 하늘에서 저런 여유로운 표정으로 삶을 즐길 것 같습니다.

어머니의 모습에 새겨진 화가들의 작품세계

사람을 깡그리 뒤엎어주는 어떤 것을 만나는 일은 얻기 힘든 은총의 기회입니다. 『어머니를 그리다』라는 책의 첫 장을 넘길 때 제 안에는 화가들이 그린 엄마의 모습은 따뜻하고 포근한 모습의 밝은 화면이리라는 전제가 깔려 있었던가 봅니다. 궁금함을 참지 못해 우선 그림들만 대충 넘겨보았는데, 3분의 1도 채 넘기기 전에 저의 예상은 마치 얇은 유리처럼 산산조각이 나고 말았습니다. 15세기부터 20세기에 걸쳐 40명의 화가가 그린 어머니를 담았는데 그중 35명이 회색, 검은색의 무채색 옷을 입은 어머니를 그렸습니다. 게다가 상당수는 당시의 상복 차림입니다. 정신이 잠시 멍해지는 느낌마저 들었습니다.

며칠을 그렇게 시간을 보내다가 어느 순간, 내가 엄마를 그린다면 어떨까 하는 생각이 들었습니다. 엄마가 밝은색 옷을 입지 않은 것도 아닐뿐더러 밝은색을 더 좋아하는데도 밝은색 옷을 입은 엄마를 그릴 수는 없을 것 같다는 생각이 들었습니다. 엄마는 분명 따뜻하고 포근한 성품의 사람이지만 엄마가 살아낸 삶, 그 고난, 인내, 눈물이 단지 따뜻함과 포근함만으로는 다 그려낼 수 없음을 인정할 수밖에 없었습니다. 엄

장 오귀스트 도미니크 앵그르(Jean Auguste Dominique Ingres), 〈Portrait of the Artist's Mother〉, 1814, 프랑스 앵그르 미술관 소장

마의 사랑과 삶은 따뜻함 그보다 훨씬 더 폭넓으니까요.

무채색을 쓴 화가들의 마음이 조금씩 아프게, 고맙게, 가슴 뭉클하게 다가오기 시작했습니다. 그리고 화가들에게 엄마의 일생 중 그 사랑이 가장 크게 와닿았던 순간은 아마도 형제나 자매 혹은 아버지의 죽음 앞에 선 모습이지 않을까 하는 생각이 들었습니다. 그러니 상복을 입은 모습을 그린 것도 무리는 아니지요. 그리고 책을 처음부터 읽어가기 시작했습니다.

화가들과 엄마의 관계는 깊은 신뢰로 이어졌고, 화가들이 주위의 인정을 받지 못할 때조차 자신의 아이가 성공하리라는 믿음으로 격려해주는 모습이 자주 눈에 띄었습니다. 어느 시대든 화가라는 쉽지 않은 길, 일생 자신을 투신하고서도 인정조차 받지 못할 수도 있으며 경제적 궁핍이 뒤따르는 길에서 엄마라는 존재에 대한 믿음과 신뢰는 화가들에게 배의 닻과도 같았다고 봅니다.

40명이나 되는 화가를 다루다 보니 아쉽게도 깊이 있는 조사를 바탕으로 한 글은 아니었지만, 자세히 볼수록 그림 자체가 말해주는 것들이 참 많았습니다. 색채의 화가인 샤갈은 거의 무채색 톤의 화면에 검은 앞치마를 두르고 화덕에서 일하는 엄마의 모습을 아주 단순한 필치로 그립니다. 15세기 화가 뒤러는 목에 불거진 핏줄, 뼈가 드러날 정도로 앙상한 얼굴을 있는 그대로 그리며, 제임스 앙소르라는 화가는 임종한 직후의 모습을 그려냅니다. 놀라우리만치 솔직하고 적나라합니다.

그림을 하나하나 보자면 그 엄마의 성격까지도 알 수 있을 것 같습니다. 제각기 만만찮은 성향을 지녔을 화가 못지않게 엄마들의 눈빛이나 입매 또한 다부져 보입니다.

엄마와 아들, 엄마와 딸 사이에서 펼쳐졌을 생의 한 편 드라마를 짐작하고도 남음이 있습니다. 사랑으로도 결코 메꿀 수 없는 존재의 심연, 그 바닥이 서로 만나며 일으켰을 물보라, 밀물, 쓰나미 속에서 부모와 자식을 넘어 한 인간으로 느꼈을 동료애 같은 것이 슬쩍 얼굴을 내밀기도 합니다. 부모의 약함과 잘못을 인지하지 못하는 사람은 그것을 그대로 물려받음이 익히 알려졌지요.

우리가 나온 모태, 그 약함과 죄를 그대로 물려받은 아담 이래 누구도 면제받을 수 없는 원죄마저 이 그림들은 이야기해줍니다. 엄마를 잇고 아이를 이어 세대에서 세대로 이어지는 그 원죄의 줄기 앞에 한 번 서보는 것, 인생의 어떤 순간에는 반드시 마주해야 할 일이기도 하지요. 이것 없이 삶을 참으로 진실하게 살 수 없기 때문입니다.

이 사진 속 어머니의 모습은 그림 가운데에서도 눈에 띄지 않아 더 선택할 이유를 찾게 한 모습입니다. 그리고 어떤 면으로 전형적인 엄마의 모습도 따뜻하게 풍겨옵니다. 상당히 섬세하게 그린 얼굴과 달리 몸체는 스케치하듯 쓱쓱 그린 것이 마치 조선의 초상화를 연상시키도 했습니다. 그래서 오히려 살아 움직이듯 다가오기도 하는 그림입니다. 가만히 보노라면 손을 쓱 풀어 악수라도 청할 것 같습니다. 쓱쓱 그려도 투박한 손 모양새에서 일생 거친 노동의 역사가 느껴집니다. 노동으로 굵어진 손마디가 그대로 보이니까요. 옷도 화려하다 할 수 없는 정도가 아니라, 남루하기까지 합니다. 이것만으로도 이 엄마가 살아냈을 삶의 모습이 어느 정도 그려지지 않는지요. 그런데 얼굴 모습은 참 단아합니다. 옷차림새로 보아 귀족은 아니었을 듯하나, 오히려 귀족은 지니지 못할 한 인간으로서 기품도 느껴집니다. 꼭 다문 입술이 단단해 보이지만 결코 까칠한 모습으로 보이지 않는 것은 얼굴 전체에서 풍기는 선함과 참 많은 것을 품어줄 듯한 눈동자 때문입니다. 모습은 서양인임이 분명한데 어딘지 모르게 이 땅의 엄마들을 닮았습니다. 여러 그림 가운데 가장 먼저 눈이 간 이유입니다.

정말 다른 엄마의 모습, 이런저런 약함도 생생히 느껴지는 모습에서 오히려 살아 있는 엄마들이 다가옵니다. 엄마 없는 존재는 세상에 없어 자신의 뿌리를 보고자 한 화가들의 공통된 마음 같은 것이 전달됩니다. 그림 가운데 엄마를 미화하거나 찬양할 목적으로 그린 듯한 그림이 하나도 없다는 데서 이런 생각이 절로 들지요. 엄마를 있는 그대로 바라볼 때 자신도 있는 그대로 바라보는 것이 가능해집니다.